魔法戦士リウイ
砂塵の国の魔法戦士
シュメール王子は攻撃を難なくかわすと、
リウイの胸を真横に切り裂いた。

「出でよ、シャザーラ!」
シュメールが叫ぶと、黄金の洋燈から煙のようなものが立ち上った。
そしてリウイが見守るなか、その煙は女性の姿に変じてゆく。

「ケシュ族討伐のときには、俺も同行させてくれよ」
「承知した……」
パメラを抱き上げたシュメールが、静かにうなずく。

魔法戦士リウイ

砂塵の国の魔法戦士

954

水野　良

富士見ファンタジア文庫

100-13

口絵・本文イラスト　横田守

目次

第1章　皇太子《プリンス》の後宮《ハーレム》　5
第2章　エレミア王家《おうけ》の秘宝《ひほう》　37
第3章　奪《うば》われた秘宝　69
第4章　悪意《あくい》の砂漠《さばく》　105
第5章　内通者《ないつうしゃ》　135
第6章　襲撃《しゅうげき》！　171
第7章　破局《はきょく》への砂時計《すなどけい》　203
第8章　最後《さいご》の願《ねが》い　235
あとがき　266

第1章　皇太子《プリンス》の後宮《ハーレム》

1

潮《しお》の香《か》が熱い風に乗って流れてくる。

港《みなと》に近い大通りを、フードつきのマントを羽織《はお》った四人の旅人が、周囲の景色《けしき》には目もくれず、黙々《もくもく》と歩いていた。

長身でごつい体格《たいかく》のふたりと、あとのふたりは若《わか》い女性《じょせい》。

曇《くも》り空で日が陰《かげ》っているにもかかわらず、長身のふたりはフードを目深《まぶか》にかぶっている。

ふたりの女性は、上品な雰囲気《ふんいき》をした金髪《きんぱつ》の娘《むすめ》と小柄《こがら》な黒髪《くろかみ》の少女だった。

貴族《きぞく》か大商人の令嬢《れいじょう》が、侍女とふたりの護衛《ごえい》を伴《ともな》って旅をしているようにも見える。

ここは〝砂塵《さじん》の王国〟エレミアの同名の王都《おうと》。

職人《しょくにん》たちの王国としても知られ、陸《りく》と海《うみ》、双方《そうほう》の交易《こうえき》でも栄《さか》えている。大陸中でもっとも豊《ゆた》かな街《まち》だと、評判《ひょうばん》も高い。

当然、アレクラスト大陸各地から、さらには南海《なんかい》に浮かぶ〝呪《のろ》われた島〟からも行商人や船乗りが訪《おとず》れる。

しかし四人の旅人の雰囲気は、異国の人間に慣《な》れたエレミアの住人にも、異様《いよう》に映《うつ》るようだった。

すれ違《ちが》う人々は、彼らの姿《すがた》を認めると申し合わせたように視線《しせん》をそらし、そして通り過《す》ぎたとたんに振《ふ》り返る。

そして思うのだ。

彼らはいったい何者なのか、と……

そんな人々の注目《ちゅうもく》から逃《のが》れるように、四人の旅人は〝砂塵の彼方亭《かなたてい》〟と看板《かんばん》のかかった宿屋《やどや》の入口をくぐった。

すこし多めに部屋代を払《はら》い、宿屋の大部屋をひとつ貸《か》し切りで取る。そして部屋に入って、四人の旅人はようやく安堵《あんど》のため息をついた。

フードをかぶっていたふたりが、はぎとるようにマントを脱《ぬ》ぐ。

姿を現したのは、長い黒髪《くろかみ》を馬の尻尾のようにまとめた若者と、燃《も》えるような赤毛の女性である。

「陽《ひ》も出ていないのに、なんだよこの暑《あつ》さは！」

「まったくだ。思っていたより、湿気《しっけ》がひどかった」

男が吐《は》き捨《す》てた言葉《ことば》に、女は苦笑《くしょう》まじりにうなずいた。

男の名前はリウイという。剣《つるぎ》の国オーファンの妾腹《バスタード》の王子にして魔法戦士《ルーン・ソルジャー》。

赤毛の女性の名はジーニ。ヤスガルン山脈《さんみゃく》の山岳民族《さんがくみんぞく》出身の狩人《かりゅうど》にして戦士《せんし》である。

「大変だったでしょ」

黒髪の少女が言って、ふたりに手拭《てぬぐ》いを差し出す。

彼女の名前はミレル。オーファンの王都ファンの街の裏街《スラム》で育った盗賊《とうぞく》の少女だ。

「すぐに飲み物をもらってきますから」

そう言いながら、リウイとジーニが脱いだマントを丁寧《ていねい》に折《お》り畳《たた》んでいる金髪の女性は、戦神《せんしん》マイリーに仕《つか》える侍祭《じさい》にして神官《しんかん》戦士のメリッサである。

四人は、オーファンから東方の大国オランを目指しての旅の途中だった。

リウイは自分の荷物から、二通の手紙を取り出し、テーブルに並べる。そして、じっと見つめる。

一通は実父であるオーファン王リジャールからオラン王に宛《あ》てられた親書《しんしょ》。もう一通は養父《ようふ》であるオーファン魔術師《まじゅつし》ギルドの最高導師《さいこうどうし》カーウェスからオラン魔術師ギルドの最高導師〝大賢者《だいけんじゃ》〟マナ・ライ師への返書。

この二通の書状《しょじょう》に何が記《しる》されているのか、リウイは知らされていない。しかし人々の雰囲気から、よほどの大事であることは察《さっ》しがつく。

そして、その解決《かいけつ》を託《たく》されているということも……

(どんな危険《きけん》が待っているんだろうな)

リウイは心のなかでつぶやく。

彼はそれを覚悟《かくご》しているし、望《のぞ》むところでもあった。

だが、同行している三人の女性や別行動している竜使《りゅうつか》いの娘を巻《ま》き込んでいることには不安を覚える。

過去《かこ》に起こったある事件《じけん》で、大切な人間を失《うしな》うことの辛《つら》さを知ってしまったから。それも、自分の犯《おか》した過《あやま》ちのせいで……

(あんな思いは、二度としたくない)

リウイは心の底《そこ》から思う。

だから、以前にも増《ま》して肉体と剣術を鍛《きた》えているし、以前はあまり好きではなかった魔術や学問にも励《はげ》んでいる。

昔は暇《ひま》さえあれば、歓楽街《かんらくがい》に出かけ、酒《さけ》と女で夜を明かしたものだが……

もっとも今は、いつもジーニたちと一緒《いっしょ》だから、酒の相手に不自由《ふじゆう》はしない。

まるで、このエレミア王国の後宮《ハーレム》を縮小《しゅくしょう》した状況《じょうきょう》なのだ。もっとも、彼女らとの関係はあくまで仲間だ。たとえ自分の身分が王子であっても、冒険者時代《ぼうけんしゃじだい》からの関係を変えるつもりはない。

「……さてと、買い出しに行くとするか」

汗《あせ》を拭《ぬぐ》って、メリッサが運んできてくれた水を飲んでから、リウイはひとりごとのようにつぶやいた。

それを聞いて、ミレルがあわてて首を横に振る。

「ダメだよ。リウイは部屋でおとなしくしていないと」

「そうですわ。それでなくても、あなたは目立ちすぎるのですから」

「買い出しには、わたしたちが行こう。この先の街道とか、国境《こっきょう》の様子《ようす》とか、調べておきたいことも多いからな」

ミレルの言葉に、メリッサとジーニがそれぞれ相槌《あいづち》を打つ。

「なんでだよ。必要《ひつよう》なのは、クリシュの餌《えさ》なんだぜ。女だけで、子牛《こうし》や羊《ひつじ》を何頭も買うのは不自然ってもんだ」

リウイは不満そうな表情を見せた。

特別扱《あつか》いされるのが、釈然《しゃくぜん》としないのだ。リウイが買い出しになんか行ったら、ぜったい騒動《そうどう》に巻き込まれるもの」

「不自然だっていいよ。リウイが買い出しになんか行ったら、ぜったい騒動《そうどう》に巻き込まれるもの」

ミレルが真顔《まがお》で言う。

昔から、彼が何かをすると、予想《よそう》もしない騒動に巻き込まれることが多いのだ。

冒険者だった頃には、騒動は稼《かせ》ぎにもつながるから大歓迎《かんげい》だったが、今は立場が違う。

騒動に巻き込まれようものなら、王国間の戦争にまで発展《はってん》しかねないのである。

実際《じっさい》、湖岸《こがん》の王国ザインではそうなった。

「お願いだから、部屋でじっとしていてね」

ミレルは念《ねん》を押すように言うと、リウイに反論《はんろん》させないため、さっさと外出の準備《じゅんび》をはじめた。

ジーニとメリッサも、彼女に倣《なら》う。

いろいろと主張《しゅちょう》したいことはあったが、口論している時間も惜《お》しいので、リウイは彼女らに任《まか》せることにした。

明日にはエレミアの街を離《はな》れ、先行しているティカと落ち合わないといけない。彼女にはクリシュの転生竜《リボーンドラゴン》の面倒《めんどう》を見てもらっているので、街に入れないどころか、人里にも近づけない。幼竜《ドラゴンパピー》とはいえ、竜の姿が目撃されようものなら、それこそ大騒動が起こるのは必至《ひっし》だからである。

「しかたない。部屋でじっとしていよう。オレはこの宿屋で待つとしよう。だけど、階下《した》の酒場ぐらいには行かせてくれよ。部屋でじっとしているなんて、さすがに性分《しょうぶん》じゃないからな」

リウイの言葉に、ジーニたち三人は苦笑まじりにうなずいた。

本音《ほんね》を言えば、部屋でじっとしていてほしいのだが、彼がそれに耐《た》えられない性格だということは承知しているからだ。

昔と比べると、はるかに慎重《しんちょう》になったとはいえ、生まれついての性格はそうそう直《なお》るものではない。

良くも悪くも、常人を超越《ちょうえつ》した男であるのは、今も変わっていないのだ。

2

〝砂塵の彼方亭〟を出て、ミレルは街の様子や通行人の雰囲気を頼りに裏街《スラム》に入り、エレミアの街の盗賊ギルドと接触《せっしょく》した。

そして自分がファンの街の盗賊ギルドに所属《しょぞく》していることを伝《つた》えておく。

裏《うら》の世界で言うところの〝筋《すじ》を通した〟わけである。

そして金を払って、この街のことや東の隣国《りんごく》オランのこと、さらには付近にいる野盗《やとう》や怪物《モンスター》などの情報を聞きだす。

彼女と同じように、今頃、メリッサはラムリアースの実家《じっか》に出入りがあったという商会に出向いているし、ジーニは傭兵《ようへい》やら船乗りやらが出入りする酒場《さかば》へと出かけて、それぞれ情報を集めているはずだ。

盗賊ギルドから得《え》た情報だと、街の北側に広がる〝悪意《あくい》の砂漠《さばく》〟とも呼ばれるカーン砂漠の小部族は、なかなか油断《ゆだん》ならないらしい。野盗の温床《おんしょう》であるとか邪教《じゃきょう》を信奉《しんぽう》しているとの噂《うわさ》もある。

噂の真偽《しんぎ》はわからないが、用心するにこしたことはないだろう。

だが、そのカーン砂漠を明日からは抜《ぬ》けてゆくことになる。

海辺のほうは漁村《ぎょそん》が連なっており、幼竜を連れて移動《いどう》するのが難《むずか》しいからである。

(クリシュが水竜だったらよかったのに)

ミレルは心のなかで文句を言いながら、エレミアの街の裏通りを我《わ》が物顔で歩いた。

裏通りの雰囲気はどこの街でも似たようなもので、ミレルが通っても地元の住人たちは誰も関心を示さない。

ミレルが自分の素性《すじょう》、すなわち盗賊であることを誇示《こじ》するように歩いているからだ。

背は丸め、忍《しの》び足で動き、視線は油断なく周囲に巡《めぐ》らし、通行人を値踏《ねぶ》みしてゆく。ただし、やばそうな相手には愛想《あいそ》笑《わら》いを浮かべて視線はうわめづかいが基本。

ミレルはリウイが待っている宿屋ではなく、ジーニやメリッサと合流するため、港へと向かっていた。

港には様々な商品が陸揚《りくあ》げされ、倉庫《そうこ》に収《おさ》められている。市も立ち、そこでは手に入らない商品はないそうだ。

転生竜クリシュのため、餌《えさ》となる家畜《かちく》を仕入れておかないといけない。砂漠には獲物《えもの》となるべき動物がほとんどいないからだ。それに荷物を運ぶためのラクダも必要となる。水も大量に買っておかないといけない。

宿屋を出るときのリウイの言葉ではないが、どうしてそんな装備《そうび》が必要なのかと怪訝《けげん》に思われることだろう。

ミレルは自分たちが冒険者だと前置きしてから、交渉《こうしょう》するつもりでいる。

その一言で、大半の人間は納得《なっとく》し、余計な詮索《せんさく》をやめるからだ。冒険者という稼業《かぎょう》が普通と違うことは、この大陸で暮《く》らす誰もが知っている。

それに冒険者を名乗っても、嘘《うそ》というわけでもない。

リウイも自分たちも、旅のあいだは冒険者の流儀《りゅうぎ》でやっていこうと申し合わせているからだ。

そうでないと、妾腹《しょうふく》の王子であるリウイに、まともな口が利《き》けなくなってしまう。

ミレルは裏通りで育った盗賊でしかないのだ。

（どうせなら、リウイのことを好きになる前に彼の素性《すじよう》を知りたかったわ）

ミレルは心の底から思う。

そうしたら、いくらなんでも身分違《ちが》いだとあきらめられただろう。

しかし、好きになったあとでは、彼がオーファンの王子であると知っても、気持ちを変えることはできなかった。

「ダメダメ……」

そう声にだしてつぶやき、ミレルは足を止めて、顔をブルブルと振る。

考えたところで、何かが解決されるわけではないのだ。しかし気分だけは、確実に滅入《めい》ってくる。

「なるようにしかならないってことよ」

自分に言い聞かせるように言って、ミレルはふたたび歩きはじめた。

そして、そのとき——

「なんと可憐《かれん》な！」

と、声が響《ひび》いた。

東方語である。エレミアとザインを境《さかい》として、アレクラスト大陸は東方語と西方語のふたつの言語圏《けん》に分かれているのだ。

もっとも、もとになっている言語は同じだから、比較《ひかく》的、簡単に覚えられる。

密偵《みってい》には必要な技術でもあり、ミレルは今では完全に習得《しゅうとく》している。生まれつき耳がいいのと、変装術《へんそうじゅつ》に必要なので発音の特徴《とくちょう》を覚える訓練をしたのも役に立っている。

こんな裏通りで何が可憐なのだろうと疑問《ぎもん》に思いながら顔を上げると、ひとりの男が自分のほうを見つめているのに気付いた。

「あなたこそ、探し求めていた女性です」

エレミアでは一般《いっぱん》的な服装《ふくそう》をした男が笑顔で声をかけてくる。

口調こそ丁寧《ていねい》だが、腰には新月刀《シミター》を帯《お》びているし、物腰《ものごし》にも隙《すき》がない。

ミレルは怪訝に思いながら背後を振り返る。だが、そこには誰《だれ》の姿もなかった。

やけに太《ふと》った猫《ねこ》が眠《ねむ》そうにしているだけ。

きっと魚を盗むのがうまいのねと、ミレルは場違いな感想を抱《いだ》く。

「あたしに声をかけているの？」

ミレルは警戒しながら男に訊《たず》ねた。

こんな裏通りで女を口説《くど》こうとする男がいるとは予想《よそう》もしなかった。さすがは、後宮《ハーレム》で名高い砂漠の王国エレミアである。

「あなた以外の、いったい誰がいましょうか?」

男は右手を差し上げながら、まるで大道芸人《だいどうげいにん》のような台詞《せりふ》を言った。

「あの猫なんか、お似合いだって思うよ。毛並みもいいし、顔だって悪くない。可憐というには、ちょっと育ちすぎているけどね」

ミレルはじとりとした目で男を見つめながら答えると、相手にはしていられないとばかり、さっさと歩きはじめた。

「お待ちください。あなたにとって、決して悪い話ではありません。あなたは選ばれたのです。幸せを摑《つか》む一世一代の機会《きかい》なのですぞ」

男は懇願《こんがん》するような口調で、なおも話しかけてくる。

「今のままだって、あたしは十分、幸せなの!」

ミレルは西方語で怒鳴《どな》ると、男の足に鋭《するど》い回し蹴《げ》りをあびせる。

そんな反応は予想もしていなかったらしく、男はまともに蹴りを受け、いったん宙に飛びあがってから、石畳《いしだたみ》に叩《たた》きつけられる。

「お、お願いです。我が主人にお会いいただければ、あなたもきっと考えを変えるはず

だ」

地面に倒《たお》れたまま、男は執拗《しつよう》に言う。

「あたしの気持ちは変わらないわ。たとえ、どんな男が目の前に現れてもね」

ミレルはひとりごとのようにつぶやくと、次の瞬間《しゅんかん》、全速《ぜんそく》で走りはじめた。

徹底《てってい》的に叩きのめしてやりたかったところだが、問題を起こすわけにはゆかないので自制したのだ。

細い裏通りを走りながら、メリッサに会ったら彼女の胸に飛びこんでゆこうと、ミレルは決める。

彼女はきっと優《やさ》しく抱《だ》きしめて、なだめてくれるだろう。それだけで、ミレルは幸せな気分になれるのだ。

しかし、ミレルのその期待は、裏切《うらぎ》られることになる。

港で落ち合ったとき、メリッサの機嫌《きげん》も最悪だったからだ。そしてそれは、遅れてやってきたジーニも同様だった。

そしてお互いに訳《わけ》を訊《たず》ねあった三人は、愕然《がくぜん》となる。

不機嫌さの原因《げんいん》が、三人とも一緒だったからだ。誉《ほ》め言葉こそ違ったが、メリッサもジーニも、ミレルと同じ文句で男に誘《さそ》われたのである。

三人が顔を見合わせて、最低な国だと声をそろえたのは言うまでもない。

3

怒《いか》りを抑《おさ》えながら商談を済《す》ませて、三人が〝砂塵の彼方亭〟に戻《もど》ったのは、日も沈《しず》んでからであった。

リウイは宣言《せんげん》していたとおり、二階の部屋ではなく一階の酒場にいた。そして彼の隣《となり》には、ミレルと同じ年くらいの少女が腰を下ろし、談笑《だんしょう》していた。

それを見た三人は一瞬、ムッとした顔になる。

「あの娘は踊《おど》り子だな。この国は後宮《ハーレム》も有名だが〝剣の舞《ソードダンス》〟も有名だからな」

少女が自分の隣の席に、新月刀《シミター》を二本、置いているのに気づいて、ジーニが言った。

「そう言えば、ジェニ様も娘時代はこの国で踊り子だったと聞いています。〝剣《つるぎ》の姫《ひめ》〟という呼《よ》び名は、その頃についたものだと……」

メリッサが思い出したように言う。

「踊り子だって、商売女であることは同じだわ。もしかしてリウイ、あの踊り子を買うつもりだったのかな」

「昔のあいつとは違うだろう」

ミレルの言葉に、ジーニが苦笑で返した。

「いずれにしても不本意《ふほんい》ですわ。わたくしたちが、あんな屈辱《くつじょく》を受けているあいだに」

メリッサは憮然《ぶぜん》とした表情だった。

そして三人は踊り子の少女を威圧《いあつ》するように、リウイのテーブルまで歩いていった。

「……彼女らが、オレの連れだ。オレの言ったとおりだろ？」

ジーニたちに気付いたリウイが、踊り子に笑いかける。

「あなたが言っていたことって、嘘《うそ》じゃなかったのね。まさか、三人も女性を連れて旅をしているなんて。まるで、この国の王様みたいだわ……」

踊り子は残念《ざんねん》そうにつぶやくと、腰を浮《う》かせて三人の女性に挨拶《あいさつ》をする。

「そう言われることは多いけどな。でも、本物にはかなわないさ」

エレミアの後宮には、大陸各地から美女《びじょ》が集められ、夜ごと華《はな》やかな宴《うたげ》が催《もよお》されているとの噂《うわさ》を聞いている。

商業が盛《さか》んで、豊《ゆた》かな王国であればこそ許される贅沢《ぜいたく》だろう。

「それはそうよ。この国の王様は、百人もの女性を抱《かか》えておられるのだから……」

踊り子は答えて、あたしも迎《むか》えられたいものだわと、ため息まじりにつぶやく。

「この国の男は、みんな後宮を持っているのか？」

テーブルについたジーニが、踊り子に訊《たず》ねる。

「まさか！　王様だけに許された特権《とっけん》よ。愛妾《あいしょう》を抱えている貴族や大商人は多いけどね。でも、それはどこの国でも同じでしょ」

「確かにな」

リウイは、思わず苦笑を洩《も》らした。

彼自身、オーファン王リジャールの愛妾の子供なのである。

「それじゃあ、あの誘《さそ》いは何だったのかな？」

ミレルが首を傾《かし》げながら、メリッサやジーニと視線をかわしあう。

「誘いって？　なんか誘われたのか？」

リウイが三人を見回しながら訊ねる。

「あなたこそ探し求めていた女性だって、通りすがりの男に声をかけられたの。それも、あたしたち三人ともよ」

リウイの問いにミレルが答え、ジーニは不機嫌そうに、メリッサは恥《は》ずかしそうに相槌《あいづち》をうつ。

「やっぱり騙《だま》すつもりだったのかな？　のこのこついていってたら、異国に売られてたのかもしれない」

「この街の盗賊ギルドは正統派よ。それに王様の使者を騙《かた》るなんてしないわ」

「それもそうね」

踊り子の言葉に、ミレルはすぐに納得《なっとく》した。

アレクラスト大陸の大きな街にはほとんどといっていいほど存在しているものの、盗賊ギルドはあくまで非合法《ひごうほう》な組織である。

そして王国はその存在を黙認《もくにん》しているが、本気になれば簡単に潰《つぶ》すことができる。だから王国と問題を起こすような真似《まね》を盗賊ギルドが進んでするはずがないのだ。

踊り子は商売がら、盗賊ギルドとの関わりもあるのだろう。

「もしかして、あなたたちを誘ったのは、本物かもしれないわよ」

「本物って？」

踊り子の言葉の意味が分からず、ミレルは首を傾《かし》げた。

「この国では近く、王様が交代するの。王様はまだお元気なんだけど、引退《いんたい》して皇太子《こうたいし》様に位《くらい》を譲《ゆず》りたいらしくて。皇太子様は幼少のときから文武《ぶんぶ》に優れておられるって評判だったしね。おまけにご容姿《ようし》も素敵《すてき》でいらっしゃるの……」

踊り子はうっとりとした表情で言うと、祈《いの》りを捧《ささ》げるように胸の前で手を組んだ。

「それで皇太子様のために、新しい後宮が建《た》てられたの。そして大勢の女性が集められている。だから、あなたたちを誘ったのも、皇太子様の本物の使者かもしれないってこと」

「メリッサはともかく、あたしやジーニが？　まさかね」

ミレルが笑いながら言って、ジーニと顔を見合わせる。

「もし本物だとしたら、その皇太子はよほどの悪趣味《あくしゅみ》だな」

ジーニも苦笑まじりに相槌《あいづち》を打った。

「容姿の美しさだけが、後宮に選ばれる基準《きじゅん》じゃないもの。個性があって、女性としてだけじゃなく人間として輝《かがや》いていることが条件《じょうけん》だってされている。あなたたちみたいにね」

「そりゃどうも……」

ミレルが戯《おど》けたように礼を言った。

「からかっているんでも、お世辞《せじ》を言っているんでもないわ。こういう商売だから、人を見る目には自信あるもの。あなたたちは、間違いなく輝いているわ。このお客さんもね」

踊り子はそう言って、深くため息をついた。

「あたしももっと輝かないとなぁ」

踊り子は自分に言い聞かせるようにつぶやくと、名残惜《なごりお》しそうに立ち上がった。

「楽しい時間をありがとう。あたしは、もう一仕事してくるわ」

踊り子は言って、別れの挨拶《あいさつ》をする。

リウイは財布から宝石《ジエム》をひとつとりだして踊り子に握《にぎ》らせた。

「こんなに？」

「いろいろと、この街のことを教えてもらったからな」

驚《おどろ》いた顔をする踊り子に、リウイは笑いかけた。

「ありがと」

踊り子は嬉《うれ》しそうに宝石をしまうと、リウイの頰《ほお》にキスをする。

そしてジーニたち三人にも頭を下げて、テーブルを離れようとした。

そのときである。

入口の扉が開いて、数人の男たちがどかどかと入りこんできた。

リウイたちの鋭《するど》い視線《しせん》が、男に向けられる。

踊り子も足を止めて、不安そうに様子をうかがっていた。

「物々しい格好《かっこう》だな……」

ジーニが目を細めながらつぶやいた。

鎧《よろい》こそ身に着けていないが、全員が新月刀《シミター》を腰に下げている。

「なんか、嫌な感じ」

ミレルがうんざりとした表情をする。

「オレは、ここでずっと大人しくしていたからな」

弁解《べんかい》するように、リウイは言った。

「踊り子といい感じだったくせに……」

ミレルが拗《す》ねたように言った。

彼女にとって、それでは大人しくしていたと認めるわけにはゆかない。

「それでも、騒動に巻き込まれるのですから、やはり運命というしかないのでしょうね」

メリッサがため息をつく。

だが、それもリウイの勇者としての資質のひとつだと思う。何もしないでいても、試練《しれん》のほうからやってくるのだ。

（試練を望《のぞ》んでいた頃もありましたけれど……）

メリッサは、従者《じゅうしゃ》としてリウイに仕えるよう、戦神マイリーから神託《しんたく》を与《あた》えられている。

その当時、リウイには勇者の資質が欠片《かけら》も感じられず、彼女は、その神託を極《きわ》めて不本意に思っていた。

それゆえ、世間の人々に彼が勇者であることを認めさせるために、試練を望《のぞ》んだのだ。

しかし今では、メリッサ自身がリウイのことを勇者と認めており、人々に認めさせたいとは思わなくなっている。

皮肉なもので、そうなってからのほうが、試練が頻繁《ひんぱん》に降りかかっている気がする。剣《つるぎ》の王国オーファンでも、湖岸《こがん》の王国ザインでも、王国の存亡《そんぼう》にかかわるような大事件に巻き込まれている。

(この砂塵の王国でも、そうなるのでしょうか?)

メリッサは心のなかで戦《いくさ》の神マイリーに呼びかけてみた。

神からの返答はなかったが、メリッサの心のなかでは、その予感は確信となっていた。

4

「やはり、ここでした。殿下」

男たちのひとりが言って、入口の扉を振り返った。

その言葉に促《うなが》されたように、もうひとり男が入ってきた。

年齢は三十前後、長身で鷲《わし》を連想させる容貌《ようぼう》の持ち主だった。眼光《がんこう》の鋭さも、最初に入ってきた男たちを凌駕《りょうが》している。

「さて、あいつらはいったい何者で、オレたちにどんな用事があるのかな」

リウイが不敵《ふてき》な笑みを浮かべながら、ゆっくりと席を立つ。

だが、その回答《かいとう》は意外《いがい》な人物から発せられた。

「シュメール王子！　この国の皇太子様よ」

踊り子が目と口をこれ以上ないというほど開きながら、呆《ほう》けたような声で言った。

「そんな高貴な人間が、どうしてこんな宿屋にやってくる？」

「彼女たちを迎《むか》えるために、決まっているでしょ。皇太子様の新しい後宮に」

踊り子の答えに、リウイは頭を抱《かか》えたくなった。

必要な物を手に入れたら、エレミアの街からさっさと離《はな》れるつもりでいたのだ。

だが、それを許してくれそうな雲行《くもゆ》きではない。

「あたしらの美貌《びぼう》が罪ってことかな？」

ミレルが短い黒髪をかきながら、ジーニに話しかけた。

「信じがたい話だがな」

呪払《のろいばら》いの紋様《もんよう》を手でなぞりながら、ジーニが苦笑を浮かべる。

「おまえたちが見つけたというのは、あの女性たちだな」

おそらくは護衛《ごえい》であろう男たちに言いながら、シュメールという名のエレミアの皇太子が、ゆっくりと進みでてくる。

歩きながら、皇太子はジーニ、メリッサ、ミレルの三人に値踏《ねぶ》みするような視線を向ける。

そして満足したかのようにうなずいた。

それから、ゆっくりと進み出て、リウイと向かいあう。

「彼女らを、我が後宮に迎《むか》えたい」

はたして、踊り子の娘が予測《よそく》したとおりの言葉を、エレミアの皇太子はかけてきた。

「そういうことなら、オレじゃなく彼女らに直接、訊《き》いてくれないか」

リウイは肩《かた》をすくめながら答える。

それを聞いて、ミレルがしゅんとした顔をする。

彼女としては「オレの女に手をだすな」ぐらいのことは、言ってほしいのだ。

しかしリウイがそれを言えないことは、彼女にはわかっている。二年前に、許婚者《フィアンセ》ともいうべき女性を失っているからだ。

そして、それは過去のことではない。

リウイは、その女性を今も失ったままなのだ。

彼女を失うまでのリウイは、傲慢《ごうまん》なほど思うがままに行動していた。悩《なや》みや迷《まよ》いなどとは、いっさい無縁《むえん》のように見えた。

だが、その結果として、彼は大切な女性を失い、彼はそれまでとはうってかわって真面《まじ》目《め》になり、慎重《しんちょう》に行動するようになった。

ミレルには、それが「らしくない」という気がして、不満に思うときもある。

しかし、彼の本質が変わっていないことも知っている。

絶体絶命《ぜったいぜつめい》という状況《じょうきょう》になれば、昔のとおり無謀《むぼう》とも思える行動に走り、それですべてを解決《かいけつ》してみせる。

しかし、今のリウイにはそんな雰囲気はない。

男たちが入ってきたときには一瞬、そんな感じを見せたが、相手がエレミアの皇太子と分かって緊張《きんちょう》を解いたようだ。

争い事にはならないと、本能で感じ取ったのだろう。

「彼女らはおまえの妻《つま》ではないのか？　恋人《こいびと》でもないのか？」

「旅の仲間さ」

リウイは他人事のように言うと、テーブルにもどった。

そして飲み残していた酒に口をつける。

「腑《ふ》抜けめ……」

シュメール王子は軽蔑《けいべつ》したような顔でつぶやくと、ジーニたち三人に向き直る。

「わたくしは、このエレミアの王子シュメールです。聞いていただいたとおり、あなたがたを妃《きさき》として迎《むか》えたい。わたしの妃として……」

そう言って、礼儀正しい挨拶《あいさつ》を送った。

「いったい何番目の妃なのよ？」

敬語《けいご》も使おうとせず、ミレルがじとりとした視線を返す。

「二番目です」

シュメールは平然と答えた。

「それじゃあ、彼女らは？」

「二番目です。後宮にいる女性に順位などありません」

「だったら、一番は誰なんだよ？」

「我が正妃《せいひ》トーラです。この順位だけは変えるわけにはゆきません。彼女は未来の王妃ですから」

「つまり、あたしたちは全員、妾妃《しょうひ》ってわけだ」

ミレルはそう言って、ふんと鼻を鳴らす。

「わたしの妾妃でいるほうが、他のどんな男の正妻になるより幸せになれましょう。たとえば、そこにいる大男よりも」

「ば、馬鹿なことを言わないでよ！　あたしはリウイじゃなきゃ、ぜったい幸せになれないんだから」

ミレルはリウイに腕《うで》をからませながら、怒りにまかせて叫びかえす。

「その男の名前は、リウイというのか？」

黒髪の少女の言葉に、エレミアの皇太子は驚きの表情になり、側近の男のひとりと小声で話しはじめる。

「あたし、もしかして、まずいことを言った？」

ミレルが血の気《け》の失《う》せた顔で、リウイを見つめる。

「かなりな。だが、どうせすぐに気づかれただろう。オレたちは、隣国《りんごく》ザインで目立ちすぎたからな」

あれだけのことをしたのだから、噂《うわさ》が伝わらないはずがない。だからこそ、リウイはおとなしく宿屋で待つことを承知《しょうち》したのだ。

しかし、その用心もまったく無駄《むだ》だったようだ。

「今度から、素性《すじょう》を書いた看板《かんばん》でも持って歩くか？」

「だったら、その看板、あたしが持つわ」

ミレルは泣きそうな顔をして言った。

密偵《みってい》は情報を調べるのが仕事であって、情報を洩《も》らすことではないのである。

「なるほど、おまえが噂の……」

シュメール王子は好奇《こうき》の目で、リウイを見つめる。

(完全に正体がばれたな)

リウイは覚悟を決めて、立ち上がった。

エレミアとオーファンのあいだに国交《こっこう》はない。それは逆に言えば、敵対関係にあるファンドリアやロマール、そして政変《せいへん》前のザインよりも友好的だということになるのだが……

(さて、この男はどう出るのかな?)

王族が無断で他国に入ってきたわけだから、侵略《しんりゃく》の意図《いと》ありと糾弾《きゅうだん》することもできる。

実際、ラヴェルナ導師はオーファンの命令で内情を探りに来たとして、ザインの先の国王に捕らえられ、幽閉《ゆうへい》の憂《う》き目を見ている。

「ザインの戦乱を鎮《しず》め、ロマール軍の将軍を一騎《いっき》打ちにて討《う》ち果《は》たした英雄にしては、覇《は》気《き》が感じられないな。もっとも、噂とは当てにならないものだが……」

シュメール王子はそうつぶやいたあと、側近とふたたび言葉をかわす。

そしてその相談はすぐに終わった。

「素性が分かったからには、なおのこと我が後宮に来てもらわないとな。わたしがエレミアの王たるにふさわしい男だということを示《しめ》すために。そしておまえの美しい仲間たちを我が妃として迎えるためにもな」

エレミアの皇太子は宣言《せんげん》するように言った。

「どうする？」

リウイはジーニたち三人を振り返った。

「まさかエレミアの皇太子を相手に騒動を起こすわけにはゆかないだろう」

ジーニが吐《は》き捨てるように言った。

「不本意ではありますが、ここはあの方の招《まね》きに応《おう》じるしかないでしょうね」

メリッサがため息まじりにうなずく。

「噂に名高いエレミアの後宮を見学するのも悪くないしね」

ミレルは疲れたような表情と声で言ったあと、がっくりとうなだれた。

「な、なんなの？　皇太子様は、あなたのことを知っているみたいだけど……」

予想もしなかった展開に驚《おどろ》きを隠そうともせず、踊り子がリウイに訊《たず》ねた。

「なんだろうな」

リウイは答えをはぐらかした。ばれるのはしかたないが、自ら素性を明らかにするわけにはゆかないのだ。

踊り子はわずかに肩をすくめると、すり足で移動し、エレミアの皇太子と向かい合うようにリウイの前に立った。

「あ、あたし、パメラっていいます。ただの踊り子なんですけど、もしもお気に召《め》していただけるのなら……」

あたしも後宮に、と踊り子の少女は、勇気を振り絞《しぼ》って言った。

王子は踊り子を一瞥《いちべつ》し、一瞬、思案《しあん》したあと、首を縦《たて》に振った。

そして、

「あなたがこの者たちとともにいたというのも、何かの巡《めぐ》り合わせでしょう」

と、パメラと名乗った踊り子に返答した。

「念願がかなって、よかったな」

リウイは少女の肩をぽんと叩いた。

「あ、ありがとうございます……」

喜びの涙を流しながら、踊り子はうなずいた。

「彼女にとっては念願《ねんがん》かもしれないけど……」

ミレルがリウイを振り返って言う。

「あたしたちにとっては、ただの迷惑《めいわく》なんだけど」

「まったくだな」

リウイはうなずいた。

しかし、こうなったからには、開き直る以外にない。エレミアの皇太子も、表向きは後宮へ招待したいと申し出ているのだ。

彼の好奇心が満たされたら、解放されるはずだ。

オーファンやザインで巻き込まれたような大事件にはならないだろうと、このとき彼は思っていた。

しかし、それが甘い考えだったと、リウイはあとに身をもって知ることになる。

第2章　エレミア王家《おうけ》の秘宝《ひほう》

1

エレミアの王城〝デザートローズ〟から、さほど離れていない場所に、皇太子シュメールの後宮《ハーレム》は建てられていた。

城壁《じょうへき》こそないが、宮殿《きゅうでん》と呼《よ》ぶにふさわしい立派《りっぱ》な建物である。建物の四方にある塔《とう》の先端《せんたん》は、この国の建築《けんちく》の特徴《とくちょう》である球根の形をしたドームになっている。

リウイたち四人は、ほとんど拉致《らち》されるように後宮《ハーレム》に連れてこられたのである。

もうひとり、パメラという名の踊り子も一緒《いっしょ》だったが、彼女はすでに後宮《ハーレム》に入ることが決まっており、準備《じゅんび》のためどこかへ連れてゆかれている。

「これが有名なエレミアの後宮ねぇ……」

贅《ぜい》をこらした内装を見て、ミレルがため息をついた。

（昔のあたしだったら、目の色を変えていただろうけど）

盗賊ギルドの借金を返すため、彼女は一時期、スリで荒稼《あらかせ》ぎをしていた。その頃は、世の中で信用できるのはお金だけだと思っていた。

しかし、ジーニやメリッサと出会って冒険者となり、そしてリウイが仲間になり、彼のことが好きになって、彼女のなかでお金の価値は暴落《ぼうらく》してしまった。

エレミアは職人の国であり、品質の安定した商品が安価で生産されている。そしてこの国はまた貿易商人の国でもあり、陸路、海路ともにアレクラスト大陸やいくつかの島との交易《こうえき》をほとんど独占しているといっていい。

エレミアの建国王そのひとが、もともとは冒険商人として名を馳《は》せた人物で、富と魔法の宝物《マジックアイテム》の力で、国王になったと伝えられているのである。

そのエレミア建国王の伝説は、武勲詩《サーガ》というより、よくできた物語《ストーリー》のようだ。後世の創《そう》作《さく》がいろいろ入っているためだと言われている。

一千章と終章からなり、この詩を暗唱《あんしょう》した吟遊詩人《ミンストレル》は一生、食うに困らない。一晩に三章として謡《うた》い終わるまで一年近くかかるからだ。そのあいだ、聴衆《ちょうしゅう》は毎日、足を運ぶしかないから、酒場にとってもありがたい伝説といえるだろう。

リウイたち四人は、シュメール王子その人に案内されて、後宮のなかを一巡《いちじゅん》した。

しかし、ミレル以外の三人は、贅沢品とか美術品には、まったくといっていいほど興味を覚えなかった。ミレルにしても、あくまで〝獲物《えもの》〟として関心があるだけだ。

（あいつがいたら、喜んだかもしれないけどな）

豪華《ごうか》な品々を見ながら、リウイは心のなかでつぶやいていた。

〝彼女〟は魔法の宝物《マジックアイテム》の収集家《コレクター》であり、優《すぐ》れた目利《めき》きでもあった。エレミア王家に伝わる数々の秘宝は、一度でいいから実物を見てみたいと言っていたようにも思う。

「退屈《たいくつ》させてしまったかな？」

シュメール王子が苦笑まじりに声をかけてきた。

「立派な宮殿だとは思うけどな」

リウイは正直に答えた。

こんな宮殿で暮らすより、冒険の旅を続けたほうが、自分の性に合っていると思う。

「では、この宮殿でもっとも価値のあるものをお目にかけよう」

シュメール王子はそう言うと、黄金《おうごん》色に輝く扉の前に四人を案内した。

「もっとも価値のあるものって？」

ミレルが小声でリウイに訊《たず》ねる。

「決まっているだろ。ここは後宮なんだから」

リウイが答えるあいだに、黄金の扉はゆっくりと開かれ、その向こうに巨大な広間が出現した。

柱と天井《てんじょう》は透《す》きとおるように白い大理石《だいりせき》で作られ、全面に精緻《せいち》な彫刻《ちょうこく》が施《ほどこ》されていた。床には毛足の長い絨毯《じゅうたん》が敷《し》かれ、金銀で装飾《そうしょく》された調度品《ちょうどひん》が競《きそ》いあうように置かれている。広間の中央には、清らかな水を湛《たた》えた泉まであった。

そして何十人もの若い女性たちが、思い思いにくつろいでいた。

「彼女らこそが、もっとも価値あるものさ」

「なんだ、女じゃない……」

ミレルがつまらなそうにつぶやいた。

「それなら、自前で持ってるもの」

貧弱《ひんじゃく》だけどさと、ミレルは心のなかで付け加える。

「あれが、わたしの妃たちだ」

シュメール王子が、誇《ほこ》るように言った。

主人の姿を認めて、後宮の妾妃たちは極上《ごくじょう》の微笑を浮かべてお辞儀《じぎ》を送ってくる。

「なるほど、さすがに美女がそろっているな」

リウイは、素直に感嘆《かんたん》の声をあげた。

美術品は門外漢《もんがいかん》だが、こと女に関しては目が利く自信がある。

女性たちは、大陸中から集められたようで、髪《かみ》や肌《はだ》の色、そして容姿《ようし》の雰囲気なども それぞれだった。

しかし、すべての女性に惹《ひ》かれるところがある。

彼女らは配色《はいしょく》こそ違うが、まったく同じ衣装を身に着けていた。もっとも布地《ぬのじ》は少なく、肌《はだ》の露出《ろしゅつ》がずいぶん多い衣装であるが……

「なに、にやけてるのよ！」

ミレルが憮然《ぶぜん》とした顔で言う。

「これだけの美女を前にして、平然としていたら男じゃないぜ」

リウイは苦笑まじりに弁解《べんかい》した。

「あたしらじゃ、不足だってこと？」

「昨日、今日、知り合ったわけじゃないだろ。おまえたちを見て、いつもにやけてたら、そのほうが不気味《ぶきみ》じゃないか」

「たしかに、熱でもあるのかと心配するかな」

ミレルが、ふんふんとうなずいた。

「最初に会ったときは、容姿を誉《ほ》めることにしているんだ。逆に言えば、それしか誉めようがないしな」

リウイはミレルに説明した。

相手のことをよく知れば、容姿以外のよさもわかってくるものだ。

あなたがたは、間違いなく我が妃としてふさわしい。そしてわたしと一緒になれば、「あなたがたはより幸せになり、より美しく輝かれるだろう」

シュメール王子はそう言うと、ミレルたち三人に向かって、あらためて後宮に入ってほしいと申し込んだ。

「お断《ことわ》りします」

ミレルは、きっぱりと答えた。

昔、盗賊ギルドの副頭領《ふくとうりょう》に、女になれと言われたことがあるが、正式な申し出《プロポーズ》は初めてのことだ。それも相手は一国の王族なのだから、正妃ではないにしても、これほどの玉の輿《こし》は望《のぞ》めないだろう。

しかし、目の前にいるエレミアの皇太子には、まったく魅力《みりょく》を感じなかった。

ミレルにとって、この宮殿で妾妃として暮らすことは、歓楽街《かんらくがい》の娼館《しょうかん》で働くのとあまり変わりない。女であることだけを求められるという点では同じだからだ。

ミレルは昔から自由でいたいと思っていたし、自分の力で生きたいとも思っていた。

リウイを好きになっても、その気持ちに変わりはない。

ミレルは、リウイに必要とされる人間でありたいのだ。愛してほしいとは思うが、妻になりたいわけではない。一緒にいるだけで、十分に幸せだった。

「あたしがあなたの妃としてふさわしいところがあるのだとしたら、それはリウイ王子と一緒にいたからだと思います。だから、あたしは幸せだし、輝いてもいるのだと……」

いい男、いい女というものは、一緒にいる相手をも輝かせるものである。相手の欠点ばかりひきだすようでは、いい男にもいい女にもなれない。

「あなたは、リウイ王子を愛しているということですか？」

シュメール王子は言葉を飾《かざ》ることなく、訊ねてきた。

ミレルは顔を真っ赤にして、そしてリウイを横目で見る。

しかし、彼はバツが悪そうにしているだけで、救いの手を差し伸《の》べる気配はなかった。

「あたしは愛しています。愛されている自信はないけど……」

ミレルは最初の一言は力強く言って、あとは消え入りそうな声で続けた。

「おふたりは？」

シュメール王子はメリッサとジーニに訊ねた。

「わたくしは戦《いくさ》の神マイリーから、勇者であるリウイ王子に、従者として仕えるよう啓示《けいじ》を受けています」

「わたしはリウイ王子とは友人のつもりでいる。だから、誰のことを愛するようになるかは分からない。だが、あなたではないと思う……」

ふたりはそれぞれに答えた。

「わからない、わからないな……」

シュメール王子はつぶやきながら、無遠慮《ぶえんりょ》にリウイを見つめる。

「おまえがこの可憐《かれん》な娘を輝かせ、この清楚《せいそ》な女性司祭にとって勇者であり、この美しき女戦士の友でいられるとは……」

「彼女らとは一緒に冒険をしていて信頼《しんらい》しあえるようになったということさ。オレのほうが、彼女たちからいろいろ学ばせてもらったとは思うけどな」

リウイは無関心に答えた。

「それなら、納得《なっとく》できるのだが……」

シュメール王子は不思議そうに、今度はミレルたち三人を振り返る。

「それが仲間というものだ」

「もう答えは言いました。そして考えは変わりません……」

ジーニとメリッサがそれぞれ言って、ミレルが勢いよく相槌《あいづち》をうつ。

「そうですか……」

いかにも納得ゆかないという表情ながら、シュメールはうなずいた。

それから、もう一度、リウイと向き合う。

「おまえの実力を試《ため》してみたい」

「試すって、どうやってだ？」

リウイはシュメールに訊ねかえす。

「とりあえず、剣を合わせてみよう。多くのことが、それで分かるからな」

「まさか、決闘《けっとう》じゃないだろうな？」

「本当はそうしたいところだが、お互いに立場というものがあるからな」

シュメールは半分以上、本気で言った。

ふたりが決闘するということは、どう決着しても、そのままオーファンとエレミアの戦争に直結《ちょっけつ》するのである。

「とりあえず試合だ。最初に血が流れたほうの負けでどうかな？」

「オレは、べつにかまわないぜ」

シュメールが提案《ていあん》した条件に、リウイはあっさり同意した。

ジーニと剣の練習をしているときも、お互い傷《きず》だらけになる。だから、いつもメリッサにひかえてもらっている。

「わたしと客人の剣を」

シュメールは側近の者にそう命じた。

「試合の場所は？」

「ここが、いいだろう。いずれが優《すぐ》れているか、我が妃たちとおまえの仲間にしっかりと見届けてもらえるからな」

リウイの問いに、シュメールは悠然《ゆうぜん》と答えた。

（負けるとは、思ってもいないようだな）

リウイは心のなかでつぶやき、苦笑を洩《も》らした。

あらゆる意味で自信満々《じしんまんまん》の男だった。

それも当然かもしれない。一国の皇太子として生まれ、その容姿や才能《さいのう》を周囲の者に認めさせているのだから。シュメールには、自分が最高の男だとの自負《じふ》があるに違いない。

（方向性はずいぶん違うが、昔のオレを見ているみたいだ）

リウイも、昔は自信の塊《かたまり》だった。

最高の男だとも思っていたし、すべてはうまくゆくと疑《うたが》ってもいなかった。

（それじゃあ、オレのほうは、あんたの自信のほどを試させてもらうとするぜ）

運ばれてきた愛用の長《バスタードソード》剣を手にしながら、リウイは心のなかでエレミアの皇太子に呼びかけた。

2

何十人もの愛妾たちが普段、くつろぐためにあるその部屋は、剣の試合をするには場違いな気もしたが、広さだけは十分にあった。

毛足の長い絨毯《じゅうたん》が敷《し》かれているから、足が滑《すべ》る心配もない。

リウイは長剣を片手で持った。

相手の武器は新月刀《シミター》である。炎の精霊力が強く、一年を通して気温の高いエレミアでは、金属《きんぞく》の鎧《よろい》は実用的ではない。また船乗りも多いことから、曲刀《きょくとう》が多用されているのである。

鎧を着けていない相手には、切り裂《さ》く武器である曲刀のほうが効果的だからだ。

リウイが手にしている長剣は、両手でも使えるように柄《つか》の部分を長くしてある。楯《たて》は使わないが、魔術師の杖《つえ》をもう片方の手に持つことが多いため、この武器を選んだ。妾腹の王子である自分に相応《ふさわ》しい剣だとも思っている。

魔法を唱《とな》えるときは剣を捨て、剣だけで戦う場合には杖を捨てて剣を両手で持つ。それが、彼が身に着けた戦い方だ。

直刀で重量もある長剣は、鎧を着けた相手を叩《たた》き切るのに適《てき》した武器である。

だから、最初に怪我《けが》をしたほうが負けとなる試合の条件は、リウイにとって決して有利《ゆうり》ではない。

だが、何かがかかっている試合ではないし、相手の力量《りきりょう》を確かめるだけなら勝ち負けは関係ない。

「どこからでもかかってこい」

シュメール王子は挑発《ちょうはつ》するように新月刀を軽く振った。

(それじゃ、こっちから行くとするか)

リウイは剣を振り上げて、エレミアの皇太子に向かって飛んだ。

そして思い切り振り下ろす。

だが、シュメール王子は難《なん》なくそれをかわすと、リウイの胸を真横に切り裂《さ》いた。

服が切れて、赤い筋《すじ》が彼の胸に走る。

「勝負あり！」

立会人を務《つと》めるシュメールの側近が嬉しそうに叫んだ。

その瞬間、固唾《かたず》をのんで見守っていた後宮の妾妃たちが、黄色い歓声《かんせい》をあげる。

「速いな」

「速かったですね」

ジーニとメリッサが短く言葉をかわす。

決着がついたのも早かったが、シュメールの剣の振りの速さにふたりは感嘆《かんたん》したのだ。

ミレルはまったく無言で、ただ不機嫌《ふきげん》な表情でうなずいただけ。

エレミアの皇太子は、無造作《むぞうさ》に構えていたので、端《はた》から見ただけでは実力ははかれなかった。しかし、リウイの攻撃を見切る正確さといい、目にも止まらぬ反撃といい、なかなかの腕前だ。

「ジーニなら、勝てますか？」

「わたしには、いちばん分の悪い相手だな。鎧は着けないし、武器は大剣だしな」

メリッサの質問に、ジーニは答えた。

「メリッサは？」

「残念ながら」

メリッサは首を横に振った。

戦いの練習も怠《おこた》っていないが、自分の限界《げんかい》はわかっている。

「見事だ」

リウイもあっさりと負けを認め、剣をひいた。

自信があるのもうなずける。

この条件で試合をするかぎり、リウイはおそらくシュメールには一生、勝てないだろう。悔《くや》しくないわけではないが、しかしリウイが目指す強さとは、まったく異《こと》なっていた。だから、あえて勝ちたいとは思わない。だが、負け惜《お》しみと取られるに決まっているから、それを口にするつもりはない。

リウイとしては、彼の強さが分かったので十分だった。

このエレミアにいるかぎり、シュメールが自信を砕《くだ》かれることはないだろう。だが、非道な人間ではなさそうだから、特に問題はあるまい。

「手応《てごた》えのない……」

シュメールはふんと鼻《はな》を鳴らした。

「本当に、おまえが竜を操《あやつ》り、ロマールの将軍に一騎打ちを挑《いど》んで倒したのか？」

「噂《うわさ》ってのは、いろいろ話が大きくなるものさ」

リウイは自嘲《じちょう》の笑みを洩《も》らす。

事実はその通りだが、竜に乗ったわけではないし、ロマールの将軍はたいした腕前ではなかった。

そして、何をしてきたかは、リウイにとってどうでもいいのだ。これから何ができるかのほうに、むしろ関心がある。

シュメールが自分に興味をなくして、早く解放してくれたほうが、リウイにとっては助かるのだ。

しかし——

「剣を合わせてみて、やはり納得《なっとく》ゆかぬと分かった」

と、シュメールは言った。

「おまえより、わたしのほうが彼女らにふさわしいに決まっている。しばらくここに滞在《たいざい》してもらえば、彼女らも考えを変えるだろう」

「な、なんだって?」

リウイは呆然《ぼうぜん》となった。

「ふさわしいとかふさわしくないとかじゃないだろ? 彼女らがあんたの妾妃にはならないと言ったんだから……」

「だから、そんな考えなど、すぐに変わると言っている」

シュメールはそして、

「おまえにも、しばらくここに滞在してもらうぞ」

と、続けた。

「悪いがオレは、目的のある旅の途中なんだ」

勘弁《かんべん》してくれと、リウイは思った。

「その目的が我がエレミアにとって不利なものかもしれんではないか？　西の隣国ザインがオーファンと同盟《どうめい》した今、もしも東のオランまでもが、オーファンと同盟するようなことになれば、我がエレミアにとって由々《ゆゆ》しき事態だからな」

シュメールはリウイに向かって冷たく言った。

その言葉に、リウイはうっとなる。

彼が実の父オーファン王リジャールからオラン王に宛《あ》てた親書を預《あず》かっているのは、確かだからである。

その内容が反エレミア同盟でないことに確信があるが、それを信じるかどうかはシュメールの勝手だ。

親書を開けば、すぐに分かることだが、それでは親書の意味をなさなくなる。

シュメール王子にも当然、それはできない。東の大国オランと剣の王国オーファンの双《そう》方《ほう》との関係を悪化させるだけだからだ。

「無論《むろん》、我が賓客《ひんきゃく》として、歓待《かんたい》させてもらうぞ」

シュメールは念を押すように言った。

軟禁《なんきん》ではなく、歓迎《かんげい》のために引き留《とど》めていると、彼は主張しているわけである。

そう言われた以上、リウイに断れるはずがない。

急ぎの旅ではないが、ザインで騒動に巻き込まれたこともあり、無駄な寄り道は避けたいと思っていた。

だが、どうやら、そんな雲行《くもゆ》きではなさそうだ。

リウイはあきらめたようにうなずくと、ジーニたちを振り返った。

三人は不機嫌さを隠《かく》そうともせず、責《せ》めるような目でリウイを見つめている。

剣の試合で、シュメールを納得させられなかったのは失敗だったが、彼がこれほどまでに彼女らに執着《しゅうちゃく》するとは思いもしなかった。

（妾腹とはいえオレが王子で、しかもザインでの武勲《ぶくん》が伝《つた》わっていたせいかもな）

リウイは、漠然《ばくぜん》と思った。

しかも、後宮に迎えようとした三人の女性を旅の仲間にしている。

それが彼の競争心に火をつけたのは明らかだった。

間もなく、エレミアの王になる身として、他国の王子に負けるわけにはゆかないと思っているのだろう。

リウイたちにとっては迷惑《めいわく》きわまりない話だが、ここは彼の国だから、おとなしく従うしかない。

一般的に言えば、この後宮で暮らすことは女性として最高の幸せということになる。

だが、ジーニたちがそんな幸せを望んでいないことは、リウイもさすがに分かっている。

（シュメールが言ったとおり、彼女らの考えが変わるなら、それはそれでいいのかもしれない……）

リウイは心のなかでつぶやいた。

自分と一緒にいたら、何かと事件に巻き込まれるのは、今回のことでもあきらかだ。そして、もっと大きな試練が、この先にはおそらく待っている。

（しかし、十中八九《じっちゅうはっく》、彼女らは考えを変えないだろうな）

そのぐらいの信頼は今ではある。

納得ゆかないかもしれないが、シュメールはジーニたちを妾妃とすることを、あきらめるしかないはずだ。

（しかたない。それまで歓待を受けるとするか……）

リウイは、気持ちを切り替えることにした。

昔は、歓楽街に毎夜のように通っていたのである。

酒も女も、決して苦手ではない。

ただ、それよりも楽しいと思うことが見つかって、足を運ばなくなっただけのことだ。

だが、今回のところは、歓待を受けないほうが、失礼というものだ。

それも外交のひとつだからである。

3

新しく妾妃となった踊り子パメラとオーファンの王子一行を歓待するとの名目《めいもく》で、後宮はいきなり酒宴《しゅえん》となった。

リウイたちは風呂《ふろ》に入り、旅の汚れを落とすと、真新しい衣装に袖《そで》を通した。

そして先刻、剣の試合をした広間にもどる。

「似合っていますか？」

広間に入ると、他の妾妃たちと同じ衣装に身を包んだパメラが出迎《でむか》えてくれた。

「似合うもなにも、さっきまで着ていた服とあまり変わらないじゃないか？」

剣の舞を踊るときの服も、ここの後宮《ハーレム》と同じで肌《はだ》の露出《ろしゅつ》が多く、素材も薄《うす》く透けて見えそうなものだ。

彼女らは踊りを披露《ひろう》するだけでなく、夜の相手を求められることも多い。

「踊り子の服のほうが、この後宮の衣装を真似《まね》てるんですよ。エレミアの男たちはみんな、後宮の美女に憧《あこが》れてますから」

パメラは本当に嬉《うれ》しそうな顔をしていた。

エレミアの女性にとって、後宮に入ることは憧れなのだろう。

「今夜は、シュメール王子との初夜《しょや》なんです。次に順番が回ってくるのは、ずいぶん先だから、気に入っていただけるようご奉仕《ほうし》しないと」

「ご、ご奉仕ですか……」

パメラの直接的《ストレート》な言葉に、メリッサが頬《ほお》を朱《しゅ》に染《そ》める。

「がんばってね」

ミレルが気のない応援《おうえん》を贈《おく》る。

ふたりともまだ、男性の経験《けいけん》がないので、どう答えていいかわからないのだ。

ジーニも何も言わなかったが、それは普段から無口だからである。見た目とは違って、彼女は情熱的な女性で、何人かの男とそういう仲になっている。

だが、男運がよくないのか、幸せにはなっていない。

ザインで出会った騎士にも、彼女は好意を感じていたのだが、その想いを育《そだ》てる間もなく、その騎士は帰らぬ人となっている。

やがて酒宴がはじまり、シュメール王子が愛妾たちに新しく妃《きさき》となったパメラを紹介し、オーファンの王子リウイとその一行を歓迎すると言った。

祝杯《しゅくはい》が掲《かか》げられ、料理が次々と運ばれてくる。

後宮の妾妃たちも、代わる代わるリウイたちに挨拶《あいさつ》し、お酌《しゃく》をしてくれる。

（さすがだな……）

料理も酒も極上《ごくじょう》だし、妾妃たちも美女がそろっている。

こんな歓待を受けたら、どんな堅物《かたぶつ》も骨抜《ほねぬ》きになるに違いない、とリウイは思った。

しかし、リウイは堅物とはほど遠い人間だったから、骨抜きになることはなかった。ただ、その場にすっかり溶《と》け込んだだけである。

そうなると、歓楽街で女遊びをしていた経験がものをいう。リウイは、後宮の妾妃たちに訊《たず》ねられるまま、これまでの冒険の話などを語っていった。

「だ、大丈夫《だいじょうぶ》でしょうか？」

そんなリウイを心配そうに見つめ、メリッサがジーニに囁《ささや》く。

「先ほどから、浴《あ》びるように酒を飲んでおられますが……」

「こんな極上の酒なら、まず悪酔《わるよ》いすることはあるまい」

ジーニが苦笑まじりに答えた。

「それもありますが、お妃さまたちを口説《くど》いてしまいそうで……」

彼は昔、歓楽街で働く夜の女性から、女殺しとまで言われるほど人気があった。

一度も恋をしたことがないのが心残りで、冥界《めいかい》へと旅立てなかった女性の亡霊《ホーント》を、わずかな時間で惚《ほ》れさせたこともあった。

それで、その亡霊は浄化《じょうか》されたのだから、まさしく本物の女殺しである。

亡霊はそのとき、メリッサの身体に憑依《ひょうい》していたので、その想いはメリッサにも伝わった。唇《くちびる》を重《かさ》ね、強く抱きしめられもした。

メリッサ自身も、あのとき、リウイにすべてをゆだねてもいいと思った。しかし皮肉《ひにく》にも、ミレルが彼のことを本気で想っていることにも気づいてしまったのだ。

だから、メリッサは自分の想いを心の奥底《おくそこ》にしまいこむことにした。

そのことを後悔《こうかい》はしていない。すべては、自分が女性として未熟《みじゅく》だったせいだから。

ジーニにしても、リウイとは友人でいられそうだと言っているが、男と女のあいだの友情は、愛情のひとつまえかひとつあとの感情だと思う。

「なんか、昔のリウイにもどったみたいだね……」

ミレルは怒《おこ》っているつもりなのだが、リウイを見つめる目は、どこかしら嬉しそうだった。

出会った頃の彼は、とにかく破天荒《はてんこう》で常識というものを超越《ちょうえつ》した男だった。そして傍若無人《ぼうじゃくぶじん》なほどの自信家でもあった。

そしてその頃のリウイに、ミレルは惚《ほ》れたのだ。

「ふむ……」

そんなリウイの様子を、最初は冷ややかに見ていたシュメールであったが、しばらくすると、その表情がいくらか真剣になっていた。

（あなたには富も名声も権力もある。でも、そんなものがなかったときから、リウイは女殺しと呼ばれていたのよ）

シュメールの表情の変化に気づいたミレルが、心のなかで勝ち誇《ほこ》った。

しかし、リウイ自身には、女性たちを口説いているつもりなどない。

彼は身勝手に楽しんでいるだけなのだ。それが不思議《ふしぎ》に魅力的《みりょくてき》に感じられて、気がつけば、彼のことが頭から離れなくなっているのである。

女性を口説くのがうまいだけの男とは、そこが違う。

また、それだけに始末が悪いともいえる。

ミレルは最初、彼のことが大嫌いだったのだ。それなのに、いつのまにか惚れてしまっていた。

「先ほどまでと、まるで別人のようだな……」

シュメールが意《い》を決したように、リウイに声をかけた。

「これだけの歓待を受けているんだ。変わらないほうがおかしいってものさ。それとも、なにか失礼でもしたかい?」

「いや、立場は同じだから無礼なことなどない。ただ、先ほどまでとは、どこか覇気《はき》が違うように見える……」

「楽しんでいるのさ」

リウイはそう答えて、彼の愛妾たちとの談笑《だんしょう》を続ける。

次から次へと、冒険の話が出てくるので、それこそエレミア建国王の伝説を聞くように、彼の話に耳を傾《かたむ》け、興味を抱いたことは遠慮なく質問する。

「それに、なぜ王子であるおまえが、それほどの冒険をしている?」

「オレは妾腹の王子で、出生については何も教えられてなかったからな。だから、好きに生きられたし、彼女らと一緒に冒険者をやっていられたんだ。最初の頃はまったくの足手まといで、ずいぶん迷惑《めいわく》をかけたんだけどな」

リウイはそう言って、ジーニに同意を求める。

「そんな頃もあったな」

ジーニは静かに笑いながら、当時を懐《なつ》かしむように目を細めた。

「冒険者をな……」

シュメールはそうつぶやいて、リウイに羨《うらや》むような視線を向けた。

「それならば、先ほどの試合もうなずける。実戦慣《な》れしたおまえにとって、試合などでは本気になれないのだろう。わたしにとって、剣術とは稽古《けいこ》であり、試合でしかなかった」

「それも大切さ。実戦だけで強くなるのも、限界《げんかい》がある。オレに剣術を教えてくれたひとりに、この国で踊り子をしていた女性がいる。彼女は踊りの達人になることで、最強の剣の使い手にもなったそうだ」

「〝剣の姫〟か？　この国では伝説の踊り子だ」

「そしてオレの国では、伝説の聖女《せいじょ》さ」

ファンの街のマイリー大神殿で最高司祭を務めているジェニのことだ。そして彼女はリウイの実父であるオーファン建国王《けんこくおう》の従者でもあった。

「そう言えば、リジャール王もかつては、冒険者であったそうだな」

「そしてオレの知るかぎりでは、今でも最強の戦士だな」

親子の再会をはたしてから、リウイはこの伝説の戦士から毎日のように剣の稽古をつけられた。

かなりの老齢《ろうれい》だが、まったく衰《おとろ》えを感じなかった。

「わたしの先祖《せんぞ》も、昔は商人であり、冒険者だった。当時には未探索《みたんさく》の遺跡《いせき》もまだまだあり、冒険者は今よりも危険で、しかし見返りもまた大きかったと聞いている。建国王の伝説は、後世の創作も多いが、真実もまた語られているのだ……」

シュメールはそう言うと、何を思ったか、いきなり立ち上がった。

「わたしに、ついてきてくれ。おもしろいものを、お目にかけよう」

「それは楽しみだ」

酔った勢いもあって、リウイもあっさりと応じた。

「あたしたちも一緒に……」

それを見たミレルがあわてて立ち上がり、ジーニとメリッサもうなずきあって、あとに続こうとする。

しかし——

「申し訳ないが、みなさんには遠慮していただきたい」

シュメールが言葉こそ丁寧《ていねい》ながら、断固《だんこ》とした口調で三人にいった。

「本来なら、誰にも見せてはならないエレミア王家の秘宝中の秘宝なのだ。しかし、リウイ王子は魔術師でもある。それに、リウイ殿に負けまいと、今宵《こよい》のわたしはいささか飲み過ぎた。それゆえの特例《とくれい》だと思っていただきたい」

「秘宝ってことは、魔法の宝物だな……」

リウイはひとりごとのようにつぶやいた。

「それは、ぜひ見てみたいな」

ここで、もしも遠慮しようものなら、〝彼女〟と再会したとき、何を言われるか分かったものではない。

そして、シュメールとリウイのふたりの王子は酒宴もたけなわの広間を後にし、奥へと入っていった。

厳重《げんじゅう》に守られた部屋を抜《ぬ》け、さらに魔法の鍵《かぎ》と普通の鍵の両方が必要な区画をとおり、魔法生物の守衛《しゅえい》の横をすり抜けて、ひとつの部屋に入った。

宝物庫《ほうもつこ》かと思ったが、そこは誰も使ったことのない客間のような調度品の並ぶ小さな部屋だった。

そしてシュメールは部屋の中央のテーブルの上に置かれてあった黄金のランプを手に取った。

古い様式のランプで、お茶を淹《い》れるための容器《ようき》に見えなくもない。

「それが、秘宝中の秘宝なのか？」

外見を見るかぎり、強力な魔法などかけられていないように思える。

もっとも、強力な魔法の宝物ほど、えてして外見は素朴《そぼく》で単純な物なのだが……

「そのとおり……」

シュメール王子は楽しげな笑いを響《ひび》かせた。

「そして、これからおまえに見せるのは、この後宮でもっとも美しい女性でもある」

シュメールはそう言うなり、古代語《こだいご》を短く続けた。

それから、高らかに、

「出《い》でよ、シャザーラ！」

と、叫ぶ。

その瞬間、黄金のランプから煙《けむり》のようなものが立ち上った。

そして、リウイが見守るなか、その煙は女性の姿に変じてゆく。

シュメールが言うとおり、人間離れした美貌《びぼう》の持ち主《ぬし》だった。人間であるはずはないから、それで当然なのだが……

「エレミア建国王の伝説の一節《いっせつ》で聞いたことがある……」

リウイは、呻《うめ》くように言った。

酔いも、一瞬で醒《さ》めていた。

その魔法のランプと、そこから姿を現した女性の正体を知っていたからである。

「ランプの精霊《せいれい》──あるいは魔神《まじん》。あらゆる願いをかなえるという全知《ぜんち》全能《ぜんのう》の……」

存在していたのか、とリウイはかすれた声でその先を続けた。

「しかし、その魔神は……」

「そのとおり、三つの願いをかなえたあと、世界を滅《ほろ》ぼすと伝えられている。人間の欲望《よくぼう》と理性《りせい》を試すため、神話の時代に神々が創造したとされる究極《きゆうきよく》の祭器《さいき》だよ」

シュメールは謳《うた》うように言って、リウイを振り返った。

「そいつだけは、物語のなかだけの代物《しろもの》だと思ったけどな……」

伝説のとおりだとしたら、その魔法のランプは最終兵器にさえなりうるのだ。

何万の軍勢で押し寄せても、シャザーラなる魔神に願いをかければ、撃退《げきたい》できるのだから……

それどころか、伝説のとおりなら、世界を支配するのも、滅ぼすのも可能なはずなのだ。

リウイはほとんど忘れかけていた恐怖《きようふ》という感情を思いだしていた。

第3章　奪《うば》われた秘宝

1

金色に輝く洋燈《ランプ》から姿を現した女性は、無邪気《むじゃき》とも思える微笑《びしょう》を浮《う》かべて、ふたりの王子を見下ろしていた。

その服装は、後宮《ハーレム》の妾妃たちが着ているものと同じだった。だが、腰《こし》から下は残念なことに煙《けむり》のままで、先にゆくにつれて糸のように細くなり、ランプと繋《つな》がっている。

ランプの精霊、あるいは魔神である。

その名をシャザーラという。

「お呼びでございましょうか、ご主人様。願いがありましたら、遠慮《えんりょ》なくどうぞ。あとひとつ、かなえてさしあげます」

ランプの精霊は下位古代語《ロー・エンシエント》で言うと、背筋《せすじ》をそらさんばかりに伸《の》ばし、両腕を胸のところで組む。

「あとひとつ……だって？」

シャザーラの言葉を聞いて、リウイは額《ひたい》に汗《あせ》を滲《にじ》ませながら、シュメールを振り返った。

「そういうことだ。我が先祖たるエレミア建国王が、すでにふたつ、願いをかけているのでな」

「じゃあ、このランプの精霊が、もうひとつ願いをかなえたら……」

「伝説どおりなら、シャザーラは解放《かいほう》され、世界を滅ぼすことになる」

リウイの問いかけに、シュメールは平然と答えた。

「さあ、ご主人様。願いをどうぞ……」

シャザーラが陽気な声で繰り返した。

ランプの精霊は、外見だけを見れば、少女の面影《おもかげ》を残した容姿《ようし》をしている。

シュメール王子が彼女を呼びだすときに言ったとおり、大陸中から美女を集めたこの後宮にあっても、もっとも美しい女性であるかもしれない。

しかし、彼女の正体は、世界を滅ぼすことさえできる全知全能の存在である。神や邪神《じゃしん》にも等《ひと》しい超越者なのだ。

「願いはない。ランプにもどるがよい」

シュメールは、冷たくシャザーラに言った。

その言葉に、ランプの精霊の目が、一瞬、憎悪《ぞうお》の炎《ほのお》を燃《も》やしたように、リウイには見えた。

しかし、シャザーラは出現したときと同じように無邪気に微笑《ほほえ》むと、かしこまりましたと言いながら、ランプのなかに煙となって消えていった。

従順《じゅうじゅん》な従僕《じゅうぼく》のように……

「これが、我がエレミア王家の秘宝だ。あくまで、酒に酔った勢いでのこと。忘れてくれとは言わぬが、口外《こうがい》するのは遠慮していただきたいな」

「こんなこと、他人に言えるものか」

リウイは呻くように答えた。

こんな話を聞いて、幸せな気分になる人間など誰もいない。

世界滅亡《フォーセリア》の伝説は、いくつか伝えられている。

たとえば、世界を閉ざす四大《しだい》の門《もん》のうち、西にある水の門だけは開かれており、世界はやがて虚無界《きょむかい》へと流れ落ちてゆくというものがある。

また、大地の妖魔《ようま》である犬頭鬼《コボルド》どもが地下深くで行っている石積《いしづ》み遊《あそ》びが完成したときも、世界は爆発《ばくはつ》して消滅《しょうめつ》するという伝説もある。

だが、開かれた水の門も、コボルドの石積み遊びも直接、見た者は誰もいないのだ。

そしてそのとおりに世界が滅《ほろ》ぶにしても、遠い未来のことであると誰もが思っている。

しかしランプの精霊にして魔神は、三つめの願いをかなえたその瞬間《しゅんかん》にも、世界を滅ぼしてしまうかもしれないのだ。

この黄金のランプは、エレミア建国王の伝説では、人間の理性と欲望とのいずれが強いかを賭《か》けて、至高神《しこうしん》ファリスと暗黒神《あんこく》ファラリスとが協力して創造した祭器《さいき》——神々が遺《のこ》した魔法の宝物——とされている。

その真偽《しんぎ》は定かでないが、この秘宝の力を使って、エレミアが建国されたことは、おそらく間違いではないだろう。

「もはや願いをかけることもできない秘宝なんて、まったく無意味じゃないか。破壊することはできないのか？」

リウイはわずかな期待をこめて、シュメールに訊《たず》ねた。

しかし、シュメールは苦笑いを浮かべて、ゆっくりと首を横に振る。

「もし、それができるのなら、先祖の誰かがやっているとは思わないかね」

「だろうな……」

リウイは渋《しぶ》い表情で相槌《あいづち》を打った。

破壊することができないから、エレミア王家は代々、厳重《げんじゅう》に保管してきたのである。

世界の破滅《はめつ》を望む者など誰もいないと思いたいが、この秘宝を手にした者は、世界の運《うん》命《めい》を握《にぎ》ることになるのは確かだ。

もしも、秘宝の所有者が世に絶望したとしたら、世界を道連《みちづ》れにして、自殺しようと考えるかもしれない。

「エレミア王家が、それを所有《しょゆう》していてくれて、本当によかったと思うぜ」

エレミアの王家には権力《けんりょく》も財力もあるし、しかも後宮には大勢の美女が妾妃としている。男として、およそ不足のない暮《く》らしだ。まさか、世界を滅ぼそうとはしないだろう。

「さて、宴にもどるとしようか？」

「あんな物を見せられたあとでは、どれだけ飲んでも酔える気がしない。今夜は、このまま休ませてもらいたいな」

シュメールの誘《さそ》いかけに、リウイは顔をしかめて首を横に振った。

「そうだな。わたしも、新しい妃の相手をしなければならん」

シュメールは笑いながら相槌を打った。

妾妃たちのあいだに序列《じょれつ》をつけないというのが、この後宮での掟《おきて》なのだそうだ。

だから、シュメール王子は、妾妃を順番にしか抱かない。

ジーニたちに、正妃以外の女性はすべて二番だと言っていたが、それは嘘《うそ》ではないということだ。

だからこそ、妾妃たちのあいだに競争意識が芽生《めば》えないのだろう。そういう掟《おきて》がなければ、妾妃たちのあいだで、王子の寵愛《ちょうあい》を巡《めぐ》って激しい暗闘《あんとう》が繰《く》り広げられるに違いない。

エレミアの皇太子はリウイとともに広間へともどり、今宵の宴は終わりだと妾妃たちに告げた。

リウイとジーニたち三人は、ひとりずつ客間を用意されていて、そこに案内された。

部屋に入って、寝台《ベッド》に潜《もぐ》りこんだリウイだが、眠りにつくことはなかなかできなかった。

旅の疲《つか》れもあり、酒を浴《あ》びるように飲んだにもかかわらずである。

それほど、神経《しんけい》が高ぶっているのだ。

伝説のなかだけの秘宝と思っていた黄金のランプが実在していたことは、それほどの衝《しょう》撃《げき》だった。

欲望にかられた誰かが、あのランプを奪《うば》い、最後の願いを口にしたとしたらと思うと、めったなことでは動じないリウイですら、身体《からだ》に震《ふる》えが走る。

リウイは、人間の理性が欲望に負けることがあると知っている。

ランプの精霊にして魔神たるシャザーラにも、おそらくそれは分かっているだろう。

彼女の無邪気《むじゃき》な微笑は、だからこそという気がしてならなかった。

三つめの願いは、いつかかならず口にされる。

そしてシャザーラは解放されるのだ。世界を滅亡させるために――

2

柔《やわ》らかで暖かな寝台《ベッド》が、旅慣れしたリウイにとっては、かえって居心地《いごこち》が悪く感じられた。

なかなか寝付けなかったこともあり、リウイは毛布《もうふ》にくるまって、絨毯《じゅうたん》の上に転がる。

そして、驚《おどろ》くほど高い天井《てんじょう》を見上げながら、エレミア建国王の伝説を思いだしていた。

その伝説の大半は、後世の創作だと思っていた。しかし、あの黄金のランプとランプの精霊を見たあとでは、伝説のすべてが事実だったのではと思えてくる。

だとすると、黄金のランプ以外にも強力な魔法の宝物をいくつも所有していることになる。

エレミアは経済こそ豊《ゆた》かだが、軍事力はさほど評価されていない。

(しかし、うかつにこの国に手を出すと、ひどい目に遭《あ》うだろうな)

リウイは思った。

もっとも、オーファンとエレミアとは遠く離れているから、両者が戦《いくさ》になることはまずないはずだ。

そして中原は、ロマール、ファンドリア同盟《どうめい》とオーファン、ラムリアース同盟が互いを牽制《けんせい》している状態にある。

湖岸の王国ザインが、オーファン、ラムリアースと同盟を結んだこともあって、ロマールが東へ侵攻《しんこう》するのは容易《ようい》ではなくなっている。

ロマールの西には、西方都市国家連合《テン・チルドレン》があるが、その団結力《だんけつりょく》は強く、文明も進んでいるので、征服《せいふく》は容易《ようい》ではない。

領土拡大《りょうどかくだい》を目指していたロマール王国の目論見も行き詰《づ》まったといっていいだろう。

もっとも、あの国には〝指し手〟と恐れられる策士《さくし》ルキアルが軍師《ぐんし》としている。あの男の陰謀《いんぼう》を、リウイは偶然《ぐうぜん》にも阻止《そし》してきたが、次にどのような手を講《こう》じてくるかは、まったく予想がつかない。

（やはり、人間は欲望の生き物だぜ）

リウイは苦笑する。

始末の悪いことに、権力を持った人間ほど、その欲望も根深いものである。

伝説のとおりだとすると、至高神ファリスも分の悪い賭《か》けに応じたものだと思う。

リウイ自身、欲望に忠実《ちゅうじつ》に生きているほうだから、他人のことをどうこう言える資格《しかく》はないのだが……。

しかし、領土が欲しいとか、他人を支配したいとかいう欲望はまったくない。ただ気ままに生きたいと思うだけだ。

そんなリウイが、オーファンの妾腹《バスタード》の王子であったというのは、皮肉な運命というべきだろう。そのせいで、自由とはほど遠い運命を背負《せお》わされている。

湖岸の王国ザインで、そしてここ砂塵の王国エレミアでも、騒動に巻き込まれてしまったのは、リウイの身分《みぶん》と無関係ではない。

（まったく不自由なもんだぜ）

たとえ妾腹であっても、王子として生まれたいと思う男はいくらでもいるだろう。

それは、たとえ妾妃であっても、王の妃になりたいと思う女がたくさんいるのと同じだ。

（その意味では、オレとジーニたちは似た者どうしということだな）

だから、一緒に冒険者を続けられてきたのだろう。

そして、これからも続けたいと思っている。だが、彼女らを失いたくないという気持ちも今では抱いている。冒険を続けているかぎり、その危険は絶対になくならないのだ。

また、危険がまったくないような冒険など、リウイにとってはおもしろくもなんともない。それは、ジーニたちにとっても同様だろう。

(悩《なや》ましいかぎりだぜ……)

世界滅亡《めつぼう》の可能性を、その目で見たあとだけに、なおさらそう思うのかもしれない。

(昔のオレなら、世界が滅ぶとか、オレにとって大切な人間が失われるとか、そんなことは考えもしなかっただろうな)

ほんの二、三年前まで、リウイは自分にしか関心がなかった。

自分が何者で、何ができるかだけを考えていた。それがなかなか見つからず、酒と女と喧嘩《けんか》に明け暮れた日々を送っていた。

ジーニたちとの出会いがきっかけで、冒険者となって、やっと自分のやりたいものを見つけたと思った。

しかし、自分の未熟《みじゆく》さのせいで、許婚者《フィアンセ》である女性を失ってしまった。そして未《いま》だに、彼女を救うことができないでいる。

このうえ、さらに誰かを失いたくはない。

(世界が滅ぶってことは、全員を失うってことだからな)

そんなことは、絶対にあってはならない。

しかし、世界を破滅《はめつ》に導《みちび》く危険《きけん》をはらんだ黄金のランプは、現実に存在していた。

これまではランプの精霊が解放されることはなかったが、今後も解放されないという保証はどこにもないのである。

「ええい！　忌々《いまいま》しい!!」

リウイは声に出して言って、毛布をはねのけて起きあがった。

考えれば考えるほど、眠気《ねむけ》が遠のいてゆく。

リウイは開き直って、耐《た》えられなくなるまで起きておこうと決める。

そのときである。

部屋の扉の向こうから、叫《さけ》び声のようなものが聞こえてきた。

「何事だ！」

リウイは声にだして叫ぶと、長《バスタードソード》剣と魔法の発動体《はつどうたい》である棒杖《ワンド》を摑《つか》んで、部屋の外へと飛びだした。

そして廊下に出た瞬間《しゅんかん》、

「賊《ぞく》だ！」

と、誰かが声をかぎりに叫んでいるのが聞こえた。

その叫びに交《ま》じって、怒号《どごう》や金属《きんぞく》を打ち合う音も響いてくる。

あきらかに、戦いの物音だった。

「嘘《うそ》だろ？　ここはエレミアの後宮なんだぜ！」

リウイは一瞬、自分の耳を疑ったが、身体は即座《そくざ》に反応していた。

物音のする方に向かって、全速力《ぜんそくりょく》で駆《か》けていたのである。

戦いは酒宴が開かれていた大広間が舞台《ぶたい》となっていた。

二十人ほどの黒装束《くろしょうぞく》の一団が、後宮警護《けいご》の衛兵と激しい戦いを繰り広げている。

賊は数においては少なかったが、あきらかに優位《ゆうい》に戦っていた。

「万物《ばんぶつ》の根源《こんげん》、万能の力……」

戦局《せんきょく》を変えることが先決と見て、リウイは古代語魔法を使おうと決める。

長剣を床《ゆか》に落とし、精神を集中させながら、彼は棒杖を大きく振るった。

呪文《じゅもん》は完成し、棒杖の先から小さな炎《ほのお》が走り、黒装束の一団の後方で轟音《ごうおん》とともに爆発する。

〈火球《ファイアボール》〉の呪文である。

強力な攻撃呪文だが、今は敵を倒すためではなく、賊の注意をそらすことを目的として使った。

リウイが意図《いと》したとおり、黒装束の集団が、全員、彼のほうを振り返る。

驚いたのは、エレミアの衛兵たちも同様だったが、勢いがあったのは賊のほうだから、それで十分なのだ。

「かかってきやがれ！」

眠ろうとしても眠ることができず、苛々《いらいら》していたリウイは、その機嫌《きげん》の悪さを叩きつけるように大声で怒鳴《どな》った。

しかし、そんな挑発《ちょうはつ》の言葉など、まったく不要だっただろう。

少しでも戦い慣《な》れた者なら、魔術師を見過《みす》ごすはずがないからだ。

はたして五人ばかりの賊が、リウイのほうに向かってくる。

リウイはにやりとして、棒杖を腰帯《ベルト》に差し込み、かわりに長剣を床から拾《ひろ》いあげる。

剣で戦うほうが得意だし、彼の性分《しょうぶん》にも合っている。

五人も向かってくるとは正直、思わなかったが、リウイに焦《あせ》りはまったくなかった。

ジーニたち三人が、すぐに駆《か》けつけてくることを確信しているからである。

そして、その確信が裏切られることはなかった。

五人の賊はタイミングを合わせて一斉《いっせい》に斬《き》りかかってきたが、そのうちのひとりはリウイのところにたどりつくまえに、呻《うめ》き声をあげて床に倒れた。

見ると、三本の短剣《ダガー》が喉《のど》や胸に刺《さ》さっている。

さらにもうひとりも、目に見えぬ何かに弾《はじ》き飛ばされ、そのままぐったりと動かなくなった。

メリッサが〈気弾《フォース》〉の呪文を唱えたのだということは、リウイにはもちろん分かっていた。

残る三人がリウイに攻撃をかけてきたが、彼は軽々と真横に跳《と》んでそれを避けた。

「身体がでかいからって、動きが鈍《にぶ》いってことにはならないんだよ！」

リウイは嘲笑《あざわら》うように言った。

「魔術師め！」

賊のひとりが憎々しげに返すと、ふたたび斬りかかろうとした。

しかし、次の瞬間、賊は声にならない悲鳴をあげて、ばったりと倒れる。

三人の背後に、いつのまにか赤毛の女戦士の姿があったのだ。

残るふたりの賊は、あわてて彼女を迎《むか》え撃とうとする。

だが、ジーニは大剣《グレートソード》を軽々と一閃《いっせん》させると、ふたりの胴《どう》を両断《りょうだん》していた。

「いつになく容赦《ようしゃ》ないんだな」

上半身と下半身とに分かれたふたつの死体を見下ろしながら、リウイがジーニに声をかけた。

「ここに来るまでの途中《とちゅう》で、若い娘の死体を見つけたからな……」

ジーニは素《そ》っ気《け》なく答えた。

この後宮にいる娘といえば、妾妃に決まっている。女性を平等《びょうどう》に扱《あつか》うため、侍女《じじょ》というものをおいていないからだ。宮殿内の仕事は、すべて妾妃たちが分担《ぶんたん》しているのである。

「同情の余地《よち》はないってことか」

リウイは、表情を厳《きび》しくした。

無抵抗《むていこう》な人間を手にかけるというのは、傭兵暮《ようへいぐ》らしの長い彼女には、もっとも許せない行為《こうい》なのである。そしてリウイも、それに異論《いろん》はない。

「しかし、こいつらが何者なのか、シュメール王子は知りたいと思うんじゃないか」

「心配するな。もうひとりは気を失っているだけだ」

それを聞いて、リウイは苦笑を浮かべて、うなずいた。

ジーニのほうが冒険者としての経験は長いのだ。最初の頃は、よく素人《しろうと》と罵《ののし》られたものである。

「まったく、ひとりで先走らないでよ！」

ミレルが走り寄ってきて、リウイに一言、文句《もんく》を言ってから、手にしていた布の紐《ひも》で、意識を失っている賊の両腕を縛《しば》り、猿《さる》ぐつわもかける。

いつもながら、鮮《あざ》やかな手並みだった。

リウイは背後を振り返って、もう一度、戦況《せんきょう》を確認する。

戦いの形勢は完全に逆転しており、黒装束の集団は、今やそこかしこで追いつめられていた。

「メリッサは、怪我人《けがにん》の手当てを！」

リウイはゆっくりとやってきたメリッサに声をかけた。

「承知《しょうち》しました」

メリッサは静かにうなずくと、床《ゆか》に倒れているエレミアの衛兵たちを調べてまわる。すでに息絶《いきた》えた者は手の施《ほどこ》しようはないが、彼女の癒《いや》しの呪文で、何人かは命を取り留《と》めるだろう。

そのあいだに、リウイはジーニ、ミレルとともに、抵抗を続ける賊を掃討《そうとう》してゆく。そしてさほどの苦労もなく、それは片付いた。

3

エレミアの皇太子シュメールが、踊り子のパメラを伴《ともな》って姿を現したのは、すべてが終わったあとだった。

一緒にいるパメラの頬《ほお》が、まだ紅潮《こうちょう》しているところを見ると、ふたりはまだ初夜の営《いとな》みの最中だったのかもしれない。

「この宮殿の警備が手薄《てうす》と見て、侵入《しんにゅう》してきたのだろうな……」

広間の惨状《さんじょう》を見回しながら、シュメール王子はひとりごとのようにつぶやいた。

そしてリウイたちのところにやってくる。

「客人であるあなたがたを危険な目に遭《あ》わせてしまい、まったく申《もう》し訳《わけ》ない」

シュメールはそう言って、リウイたちに頭を下げた。

「いや、オレのほうこそ、出過ぎた真似《まね》をしてすまないと思っている」

リウイは答えて、

「それよりも、この黒装束どもはいったい何者なんだ？」

と、続けた。

「カーン砂漠に小部族の集落があることは知っているだろう。おそらくは、あの集落の者たちだ……」

シュメール王子は生きたまま捕《と》らえられた数人の賊を一瞥《いちべつ》しながら言った。

その小部族──ケシュ族については、リウイもいくらか知っていた。

部族の者の多くは隊商《キャラバン》を組んで、アレクラスト大陸全土を巡《めぐ》り、行商《ぎょうしょう》や大道芸で暮らしをたてている。

そしてその表の商売とは別に、盗賊ギルドまがいの裏の仕事を請《う》け負《お》っているとの噂《うわさ》がある。

それは暗殺《あんさつ》であったり、人さらいであったり、毒薬《どくやく》や麻薬《まやく》の密売《みつばい》であったりする。

また、ケシュ族には、邪教を信奉《しんぽう》しているとの疑《うたが》いもある。

事実、アレクラスト大陸巡見の旅の途中で、ケシュ族の秘密《ひみつ》の儀式《ぎしき》を目撃《もくげき》したラヴェルナ導師は、そのあと何度となく暗殺者の襲撃《しゅうげき》を受けている。

それゆえ、オーファンを発つとき、リウイはラヴェルナ導師から、ケシュ族には用心するようにと忠告《ちゅうこく》されていた。

できれば、関わりあいになりたくなかったが、運命はどうやらそれを許してくれないようだ。

「それにしても、宮殿にまで襲撃をしかけてくるとは穏《おだ》やかじゃないな。エレミア王国とケシュ族は戦争でもしているのか？」

リウイの問いに、シュメール王子はゆっくりと首を振った。

「建国以来、表だって争ったことはない。彼らの悪い噂は昔から伝わっているが、我がエレミアとは、それなりの関係は保ってきたからな。しかし最近になって、街で夜盗《やとう》を働いたり、密貿易《みつぼうえき》を行うなど、その暗躍《あんやく》が目に余《あま》るようになってきているのだ」

「その変化に、何か理由があるのかな」

「それは分からん。いずれ調べるつもりであったが、まさか向こうからこのような真似《まね》をしかけてくるとは……」

油断だったよ、とエレミアの皇太子は自嘲《じちょう》の笑いを浮かべた。

「敵の狙《ねら》いは、いったい何なんだ？」

リウイは自問《じもん》するようにつぶやく。

（皇太子であるシュメールの暗殺か。それとも……）

脳裏《のうり》に浮かんだのは、やはりエレミア王家の秘宝《ひほう》中の秘宝、黄金のランプであった。

「宝物庫のほうは無事なんだろうな？」

リウイはシュメールの側に寄って、耳打ちする。

「ここに来るまえに確かめてみたが、問題は何もなかった」

「それを聞いて安心したぜ」

リウイは心の底からほっとした。

しかし、安心するのは、まだ早かった。

なぜなら、そのとき、衛兵のひとりが青ざめた顔で、広間に駆け込んできたからである。

「シュメール王子！」

「どうしたのだ？」

シュメールは眉《まゆ》をひそめながら、衛兵に訊《たず》ねる。

「お妃様たちが……」

それだけを言って、衛兵はがっくりとうなだれた。

涙《なみだ》を拭《ぬぐ》っているのか、腕で目をこすっている。

「妃たちが、どうしたというのだ？」

シュメールが、さすがに顔色を変えた。

だが、衛兵がそれに答えるより先に、シュメールは妾妃たちの身に何が起きたかを、自らの目で知った。

扉のひとつから、十人ばかりの賊が姿を現したのである。

そしてそれぞれがひとりずつ妾妃を抱え、武器を突きつけていた。

「女どもの命が惜《お》しくば、下手《へた》な動きはしないことだな……」

賊のひとりが声をかけてきた。

目だけを残して黒布で顔を覆《おお》っているので、その声はくぐもったものになる。

「この広間に押し入ってきた連中は、陽動《ようどう》だったようだな」

リウイは吐《は》き捨てるように言った。

「最初から、お妃たちを人質で取るつもりでいたんだ……」

そう言って、ミレルが悔《くや》しそうに唇《くちびる》をかむ。

「なんと卑劣《ひれつ》な。戦《いくさ》の神に対する冒瀆《ぼうとく》ですわ」

いつもは穏《おだ》やかなメリッサの顔が、怒《いか》りに歪《ゆが》む。

「妾妃たちを人質にとったうえで、ここに姿を現したのは、真の目的が別にあるということだ」

ジーニが静かに言った。

彼女の表情はいつもと変わっていなかったが、心のなかは怒りに燃えているだろう。

「そのほうが、尋問《じんもん》する面倒《めんどう》がはぶけるかもしれんな」

赤毛の女戦士の言葉に、シュメールがうなずいた。

「捕《と》らえた賊どもに訊《き》いても、どうせ何も話すまいしな」

妾妃たちを人質にとられているというのに、シュメールは落ち着いているように見えた。

(しょせん替《か》わりはいるってことか)

それに気づいて、リウイはやや憮然《ぶぜん》とした表情になる。

賊の要求如何《いかん》では、このエレミアの皇太子は、平気で妾妃たちを見捨てるだろう。だが、一国の皇太子としては、そのほうが正しい態度《たいど》なのだ。

こういう暴挙《ぼうきょ》に屈《くっ》していては、王国の威信《いしん》を守ることはできない。

「貴様らの要求はなんだ？」

リウイたちが見守るなか、シュメールは賊に向かって静かに問いかけた。

「我々の求めるものは、ただひとつ……」

賊のくぐもった声が返ってきた。

「エレミア王家の秘宝、黄金のランプだ！」

「な、なんだって？」

賊の答えに驚きの声をあげたのは、シュメールではなくリウイであった。

「何を、そんなに驚いてるのよ？」

激《はげ》しく動揺《どうよう》しているリウイを見て、ミレルが不思議そうに訊ねてくる。

「リウイの宝物じゃないんだからさ」

「そういう問題とは違うんだ」

リウイはミレルに答えたが、その先を説明するわけにはゆかないので、獣《けもの》のような唸《うな》り声を続けた。

「変なの……」

リウイが隠《かく》し事をしていると分かったので、ミレルはそれ以上、追及《ついきゅう》するのはやめることにした。

気にならないと言ったら嘘《うそ》になるが、余計な詮索《せんさく》をしても、誰かが幸せになるわけではない。

むしろ、その逆のほうが多いものだ。

「どうするんだ?」

リウイはシュメールに向かって、小声で訊ねた。

「ケシュ族の男は死を恐れない。交渉《こうしょう》しても無駄なのだよ」

「目的を果たすか死か、ふたつにひとつということか……」

リウイは呻《うめ》いた。

そして死を覚悟したときには、黒装束どもは人質も道連れにするだろう。

(どうするんだ?)

リウイはシュメールに投げかけたばかりの問いを自分に向けてみる。

シュメールが黄金のランプを渡すはずはないのだ。それは世界の運命を他人に委《ゆだ》ねることになるからである。

だが、そう答えた瞬間、賊は人質を殺し、命尽《つ》きるまで戦うことを選ぶのだ。

事実として、この大広間に斬り込んできた賊は、形勢が悪くなっても退《ひ》く気配すら見せなかった。陽動という任務《にんむ》をまっとうしたのである。

（シュメールが答えた瞬間《しゅんかん》、なんらかの行動を起こすしかない）

リウイはそう結論づけた。

しかし、問題はどんな行動をとるのが最適《さいてき》かである。

ミレルはすでに投擲用《とうてきよう》の短剣を手の中に隠し持っているだろう。

メリッサも精神を集中し、〈気弾《フォース》〉の呪文の準備をしているに違いない。

ふたりは先ほどの戦いで、リウイに斬りかかってきた五人の賊を、それぞれ同じ方法で倒している。

リウイとしても〈眠りの雲《スリープクラウド》〉といった一瞬で相手を無力化させる古代語魔法の呪文を唱《とな》えたいところだが、賊は素人《しろうと》ではなく、暗殺などを生業《なりわい》としている玄人《くろうと》だ。

リウイが呪文を唱えようとした瞬間、妾妃たちの身体《からだ》に武器を埋《う》めるだろう。

他に方法はないかと考えてみたが、思いつくことはなにもなかった。

「答えは、いかに？」

無言のままのシュメールに、賊は決断を迫《せま》った。

「答えがなくば、我らの要求は拒絶《きょぜつ》されたと見なすぞ」

賊の言葉に、妾妃たちが悲鳴や泣き声をあげはじめる。

しかし、ひとりだけ気丈《きじょう》な娘がいて、自分たちのことは見捨ててくださいと、シュメールに訴《うった》えた。

彼女には、自分が皇太子の妃だという自覚があるようだ。

（立派《りっぱ》な女だな）

（彼女らには気の毒だが、選択《せんたく》の余地はないよな……）

エレミアの皇太子という立場にあるかぎり、シュメールが賊の要求に応じられるはずがないのである。

何も行動しないよりましだと思い、リウイは腰帯《ベルト》に差してある棒杖を、賊に叩きつけようと決心した。

運がよかったら、ひとりぐらいは救えるかもしれない。

だが、そのとき——

「わかった。我が王家の秘宝は、おまえたちに渡《わた》そう。その代わり、妃たちは無事に解放するのだぞ」

シュメールが、宣言《せんげん》するように言った。

「わ、渡すだって？　あのランプをか」

その言葉を聞いて、リウイが呆然となって、エレミアの皇太子の顔を見つめる。

「妃の命には替《か》えられんだろう」

シュメールは当然というように答えた。

(引き替えにするのは、世界の滅亡なのかもしれないんだぜ!)

リウイは心のなかで叫んだ。

だが、それを声にはできない。

しょせん、替わりは効《き》くと、シュメールに対して憤慨《ふんがい》したことなど、すっかり頭のなかから飛んでしまっていた。

シュメールは妾妃たちの命を救うために、王家に伝わる秘宝中の秘宝を手放そうというのである。

世界の運命を添《そ》えて……

4

シュメール王子に何か計略《けいりゃく》でもあるのかと思ったが、人質と秘宝の交換《こうかん》は、何事もなく進んだ。

黒装束の賊は、黄金のランプを持って後宮《ハーレム》から逃亡《とうぼう》し、妾妃たちは約束どおり解放された。

「どういうつもりなんだ?」

解放された妾妃たちを、それぞれの寝室《しんしつ》に送ってから、広間へともどってきたシュメールに向かって、リウイは不機嫌《ふきげん》に訊《たず》ねた。

広間に残っているのは、リウイの他にはジーニたち三人と、昨夜妾妃となったばかりの踊り子のパメラだけである。

衛兵たちは、襲撃《しゅうげき》の後始末のために全員、出払《ではら》っている。

襲撃のため、三人の妾妃が哀《あわ》れにも犠牲《ぎせい》になり、衛兵にも多数の死者がでていた。

生け捕《ど》りにされた賊は、シュメール王子の言葉どおり、尋問《じんもん》に対して何も答えようとせず、舌を嚙《か》んで自害《じがい》するか、黙秘《もくひ》を貫《つらぬ》きとおして責《せ》め殺された。

だが、そこまでの黙秘ができることこそが、彼らの正体を、カーン砂漠の小部族ケシュ族の暗殺者部隊だと示《しめ》している。

「邪教を信奉《しんぼう》する部族に、あの秘宝を手渡すなんて、正気とも思えないな」

リウイは責めるような目で、シュメールを見つめる。

偽物《にせもの》でも渡すのかと思ったが、彼らはあの秘宝がどういうものか知っているらしく、ランプから精霊シャザーラを呼び出して、本物であることを確かめた。

シャザーラの姿を見たメリッサとミレルは、エレミア建国王の伝説を思いだしたらしく、顔色を変えたものだ。

「わたしは正気だよ。あのままでは、妃たちの命はなかった。だが、秘宝は取り返すことができる」

「取り返すより先に、最後の願いがかなえられてしまったらどうするんだ？」

「伝説どおりなら、世界は滅《ほろ》ぶかもしれんな」

シュメールは平然と言った。

「世界が滅ぶって、どういうことなのですか？」

パメラが不思議そうな顔をして、夫となった男に訊ねる。

「あなたが心配することではない。寝室で待っていなさい。夜が明けるまで、まだ時間はあるから……」

シュメールの言葉に、メリッサとミレルの頬《ほお》が朱《しゅ》に染《そ》まる。

ジーニもばつが悪そうに、左頬に描かれた呪払《のろいばら》いの紋様《もんよう》を指でなぞった。

「あたしにとって、今夜は特別ですから。わがままをお許しいただけるなら、このまま皇太子様のお側《そば》にいたいと存じます」

甘《あま》えるような声で、パメラは言った。

そしてシュメールはそれを許した。

（甘えるのが上手な女性は幸せになれると、聞いたことがあるが、まさしくだな）

リウイはそんな感想をふと抱いた。

だが、今の状況《じょうきょう》を思いだし、すぐに深刻《しんこく》な表情にもどる。

「秘宝を手にしただけでは、シャザーラに願いをかけることはできないのだ」

不安を隠《かく》しきれないリウイに向かって、シュメール王子は、かすかに笑《え》みを浮《う》かべて声をかけた。

「願いをかけるには、正しい作法《さほう》と鍵となる言葉が必要なのだ。そしてそれを知るのは、わたしと父上のみ。妾妃を見殺しにするか、秘宝を渡すか、リウイ王子はふたつにひとつと思われたかもしれないが、わたしにとってはそうではなかったということだよ。わたしは欲張《よくば》りなのでね。可能性があるかぎり、すべて思いどおりにしたいのだ」

シュメールのその言葉に、リウイは心が打たれる思いがした。

それは、彼自身の昔の信条《しんじょう》と同じだったからである。

困難《こんなん》は努力しだいで乗り越《こ》えることができる。しかし、あきらめてしまったものは、二度と手に入れることはできない。

(オレはあきらめていないぜ)

リウイは心のなかで、許婚者《フィアンセ》である女性に呼びかけた。

「しかし、秘密《ひみつ》ってのは、かならず洩《も》れるもんだ。それより先に、あの秘宝を取り戻さないと」

「もちろんだ。そしてケシュ族の企《くわだ》てを摑《つか》み、次第《しだい》によっては、彼らを滅ぼさねばならないかもしれない」

「後宮を襲撃《しゅうげき》しただけでも、十分な罪《つみ》だと思うけどな」

それはもはや、反乱《はんらん》とか戦争というべきである。エレミア王国の威信《いしん》にかけても、断固《だんこ》たる行動にでるべきなのだ。

「あの秘宝がどこにあるかは、簡単に追跡《ついせき》できよう」

「魔術師なら、確かに難《むずか》しくはない」

リウイはうなずいた。

古代語魔法には〈探知《ロケーション》〉の呪文があるからだ。

「あれだけの宝物だ。オレの頭のなかにも鮮明《せんめい》に記憶が残っている」

リウイはそう言って、にやりとする。

そんな彼の表情を見て、

「王子様……」

と、ミレルが小さく咳払《せきばら》いをしながら、声をかけた。

「お立場《たちば》を考えていただきませんと」

しかし、彼女の顔もどこかしら嬉《うれ》しそうだった。

リウイがもはや決心していることを、彼女らも分かっているのだ。

「わたしに力を貸してくれるというのか？」

戸惑《とまど》いの表情を浮かべながら、シュメールが訊《たず》ねた。

「失礼な言い方だが、あんたの手勢《てぜい》はまだ少ないんじゃないか？　それに、あんたの父君、エレミア国王の力を借《か》りることもできないはずだ」

「お恥《は》ずかしい話だが、そのとおりだ」

シュメールは、正直に認めた。

「危険を冒《おか》しても、妾妃を救おうとしたあんたの心にオレは感じたんだ。断られても、オレは勝手に動くぜ。それぐらいなら、協力しあったほうが、得策《とくさく》だと思わないか？」

リウイの言葉に、シュメールは苦笑を浮かべた。

「なかなか外交《がいこう》も巧《たく》みなようだな。賊《ぞく》を退《しりぞ》けた手並みといい、ザインでの活躍《かつやく》がただの噂《うわさ》ではなかったことを痛感《つうかん》させてもらったよ。おまえの美しい旅の仲間たちが、わたしを選ぼうとしなかったことも……」

シュメールはそう言うと、リウイに右手を差し出した。

そしてふたりの王子は固い握手《あくしゅ》をかわす。

「わたしが無事にエレミアの国王になったときには、オーファンと国交《こっこう》を結ぶことを約束しよう」

「ぜひ、そうしてくれ」

リウイは笑顔で答えた。

「しかたないなぁ……」

ミレルが困ったような表情をつくりながら、リウイの二の腕を指でつついた。

「それで、あたしたちは何をしたらいいのかしら？」

「そうだな。ミレルたちには、とりあえずパメラと同じ格好《かっこう》をしてもらおうかな」

澄《す》ました顔をしたミレルに向かって、リウイは惚《ほう》けたような声で返した。

「な、なんですって！」

ミレルの声がたちまち裏返《うらがえ》る。

「オレが賊なら、次に狙《ねら》うのは秘宝を発動させられる人間、つまりはシュメール王子だ。オレが秘宝を追っているあいだ、ミレルたちには王子の護衛《ごえい》をお願いしたいんだ。それには、怪《あや》しまれない格好をするにかぎるだろ」

リウイはそこまで言って、ミレルの耳に顔を寄せてゆく。

「それから、これほど用意周到《よういしゅうとう》な襲撃を、外部の人間だけで仕掛けられるとは思わない。

おそらく、内通者《ないつうしゃ》が後宮のなかにいるはずだ。衛兵なのか妾妃なのかはわからないけどな……」

ミレルなら探れるだろ、とリウイは囁《ささや》いた。

「どうせなら、別の殺し文句《もんく》が聞きたかったよぉ〜」

ミレルが泣きそうな顔をしながらも、こくりとうなずいた。

「わたしもか？」

「わたくしもですか？」

ジーニとメリッサが声をそろえて、訊ねてきた。

リウイは彼女らと顔を合わせることなく、首を縦《たて》に振る。

「秘宝の追跡は、オレとティカ、それからクリシュが受け持つ。三人が王子の護衛についてくれてたら安心できるってもんだ」

リウイの言葉に、ふたりはため息まじりに顔を見合わせた。

「歓迎《かんげい》いたしますよ」

シュメール王子が笑いながら、ジーニたち三人に声をかけた。

「あたしがみなさんの着替《きが》えを手伝います。きっとお似合《にあ》いですよ」

パメラも楽しそうに手を合わせた。

「もう後もどりはできないね……」

ミレルがため息まじりにつぶやいた。

「不本意ですが、これも神が与えたもうた試練でしょう」

メリッサがそう言って、戦神マイリーの名を唱《とな》える。

ジーニは無言だったが、その顔には、はっきりとあきらめの表情が浮かんでいた。

(運命だって、なんだっていいさ)

そんな三人を見ながら、リウイは心のなかでつぶやいた。

(オレは二度と目の前にあるものから、逃げたりしない。可能性があるかぎり、絶対にあきらめたりはしない)

そこにどんな危険があろうとも、とリウイは自らに誓《ちか》った――

第4章　悪意《あくい》の砂漠《さばく》

1

熱風《ねっぷう》が吹《ふ》き抜ける。

砂埃《すなぼこり》が舞《ま》いあがり、猛烈《もうれつ》な日差《ひざ》しを避《さ》けるため、頭からかぶっている外套《がいとう》に吹きつけられちりちりと鳴る。

剣の王国オーファンの妾腹《バスタード》の王子にして、魔法戦士《ルーン・ソルジャー》である大男は、ラクダの手綱《たづな》を引きながら、砂漠《さばく》を歩いていた。

ラクダには荷袋《にぶくろ》や樽《たる》が載《の》せられ、さらには五頭の仔羊《こひつじ》を繋《つな》いだ綱《つな》を引っ張っている。

ここは砂塵《さじん》の王国エレミアの北東に広がる〝悪意の砂漠〟カーンである。

砂漠といっても、すべてが砂ではなく、岩や石が転がっており、乾燥《かんそう》に強い植物や生き物もいる。

だが、この砂漠を奥《おく》へと進むにつれ、怪物《かいぶつ》どもが跳梁《ちょうりょう》するようになり、猛烈《もうれつ》な砂嵐《すなあらし》が吹き荒れ、底《そこ》なしの流砂がそこかしこに走る危険きわまりない場所となる。

それゆえ、悪意の砂漠なのだ。

だが、このような不毛《ふもう》の地にも、人間の暮らしはある。

砂漠の各所に点在《てんざい》するオアシスを中心にして、ケシュ族の集落があり、わずかな牧草地《ぼくそうち》を巡《めぐ》って遊牧を行っている。

それだけでは生活がたちゆかないので、ケシュ族の若者たちは、行商人《ぎょうしょうにん》や旅芸人として、アレクラスト大陸中に散らばっている。

しかし、行商や大道芸《だいどうげい》といった表の仕事だけではなく、盗賊《とうぞく》ギルドでさえ手出しをためらうような裏の仕事を稼業《かぎょう》としているとの噂《うわさ》がある。

毒薬や麻薬の売買、人攫《さら》いや暗殺などである。

そしてまた、ケシュ族には邪神《じゃしん》を奉じているとの噂もあるのだ。

事実、オーファンの宮廷魔術師《きゅうていまじゅつし》ラヴェルナは、ケシュ族の秘密の儀式《ぎしき》を目撃してしまったがため、それ以後、暗殺者に何度となく襲撃《しゅうげき》されている。

そして先日、エレミア皇太子シュメールの後宮を襲《おそ》ったのも、やはりケシュ族の暗殺者部隊だった。

その証拠《しょうこ》として、エレミア王家に伝わる秘宝中の秘宝〝黄金の洋燈《ランプ》〟は今、砂漠のオアシスを目指している。リウイは〈探知《ロケーション》〉の呪文で、秘宝を追跡《ついせき》しているのである。

だが、直接《ちょくせつ》、彼らを追いかけるのではなく、リウイはいったん港へと向かい、前日に購《こう》入《にゅう》を決めておいた品々を受け取り、そしてカーン砂漠へと入ったのである。

街道から四半日ほど離れた場所で待つ、もうひとりと一頭の仲間と合流するためだ。

エア湖畔《こはん》の小部族ブルムの娘であり、竜語魔法《ドラゴン・ロア》の使い手であるティカと、ブルム族の先の族長クリシュの生まれ変わりである転生竜《リボーンドラゴン》と……

狼煙《のろし》の合図《あいず》を頼《たよ》りに、リウイはティカとクリシュが身を潜《ひそ》めている岩場に到着した。

リウイの姿を認《みと》めて、ティカが笑顔《えがお》で出迎《でむか》える。

もともと浅黒《あさぐろ》い肌は、砂漠焼けしてさらに黒くなったように見える。長い黒髪《くろかみ》はバサバサで、とにかく野生《やせい》を感じさせる娘だった。

ブルム族は神ではなく竜《ドラゴン》を信奉《しんぽう》しており、人間の文明は最低限しか受け入れないのだから、それも当然だろう。

ミレルよりひとつふたつ年上のようだが、胸や腰の線にはまだ硬《かた》さが残っている。手足や胴《どう》は細く引き締まっていて、若い牝鹿《めすじか》を連想《れんそう》させた。

「クリシュは大人しくしていたか？」

「だいぶ、お腹《なか》を空《す》かせている。わたしを食べたくてしかたないみたい」

ティカはそう言って、白い歯を見せて笑った。

リウイは岩場の裏へと回って、日陰《ひかげ》でのんびりと眠りについている赤い鱗《うろこ》の幼竜《ドラゴンパピー》を見つめた。

クリシュの転生竜である。

魔竜と恐れられる火竜種《ファイアドラゴン》だ。その口から吐《は》き出される炎《ほのお》は、世界でもっとも高温であるとされ、大地の妖精《ようせい》ドワーフ族にしか加工《かこう》のできない真銀《ミスリル》さえ、やすやすと熔《と》かしてしまう。

リウイは卵から孵《かえ》ったばかりのこの幼竜に〝竜の爪〟を打ち込んで、支配《しはい》している。最強の幻獣《げんじゅう》にして魔獣たる竜族の習性《しゅうせい》を利用したのだ。

だから、この幼竜はリウイの命令に、絶対的に従う。

しかし、それもこの幼竜が脱皮《だっぴ》して成竜《レッサードラゴン》になるまでのことである。

竜は脱皮をすると、上位種《じょういしゅ》に変化し、同時にそれまで受けていた肉体的な損傷《そんしょう》や魔法的な束縛《そくばく》から自由になる。

そのときには、リウイは成竜となったクリシュにもう一度、竜の爪を打ち込まなければならないのだ。

それに失敗すれば、確実《かくじつ》な死が待っている。

「ジーニたちは？」

ティカは同行しているはずの三人の女性の姿がないことを不審《ふしん》に思い、リウイに訊《たず》ねた。

「それなんだが……」

リウイは苦笑を洩《も》らしながら、エレミアの街での一部始終《しじゅう》を、ティカに話した。

ジーニたち三人がエレミアの後宮《ハーレム》に誘《さそ》われたというくだりは楽しそうに話を聞いていた彼女だが、話が賊の侵入《しんにゅう》に及《およ》ぶにつれ真顔となり、最後にエレミア王家の秘宝〝黄金のランプ〟が奪《うば》われたと聞いて、深刻《しんこく》な表情となった。

「そのランプの魔神《まじん》とかが解放されたら、世界が滅《ほろ》ぶかもしれないんだ……」

ティカは言ったが、あまりに途方《とほう》もない話なので、恐怖とかは感じなかった。

竜に転生するのを目的に、竜司祭《ドラゴンプリースト》の修行をしている彼女にとって、世俗《せぞく》のことにはさほど関心がないのだ。

男と暮らしたり、子供を欲しいと思ったことはない。

男から言い寄られることは少なくなかったが、すべて断ってきた。

その意味では唯一、目の前にいるオーファンの王子だけが、彼女にとって特別な存在だった。

ティカにとって、リウイは竜と同等の存在なのである。

彼は絶対的な主人であり、その命令にはすべて服従《ふくじゅう》するつもりでいる。

たとえば、死ねと命じられたら、短剣で胸を突《つ》いてみせるし、女として望まれたら身を委《ゆだ》ねてもいい。

しかし、リウイがそういった無体《むたい》な要求をしない人間だということは、すでに分かっている。

ミレルなどリウイに襲われるのを待っているぐらいだし、自分のほうからも誘ったりしているが、彼にはまったくその気がないようだった。

女を三人もつれていて、誰にも手を出さないものだから、男色家ではないかとリウイのことを疑ったくらいである。

しかし、ジーニたちから彼の過去の話を聞いて、今ではティカも理解している。

彼はまだ、心の傷《きず》が癒《い》えていないのだ。

しかし、時は万能《ばんのう》の薬である。

その心の傷が癒えたときには、彼は昔の自分を取り戻すだろう。

ミレルのために、ティカは一日も早く、そのときがくることを願っている。

「つまり、黄金のランプを取り戻せばいいということね？」

「最終的にはな。しかし、まずは黄金のランプがどこに運ばれるのか、確かめるのが大事だろう。勝手に解決したりしたら、シュメール王子に恥《はじ》をかかすことにもなるからな」

リウイの答えに、ティカは無言でうなずいたが、解決できるものなら解決してしまえばいいのに、と内心では思っていた。

政治などというものは、竜の生き方とは無縁《むえん》のものなので、理解するつもりはまったくない。

ただ、リウイの決定なら、黙《だま》って従うだけだ。

「クリシュに鞍《くら》をつけます」

ティカは静かに言って、その準備をはじめようとした。

「それより先に、こいつに餌《えさ》を与《あた》えてやってくれ。でないと、賊に追いついたとき大変なことになるからな」

リウイはティカに笑いかけた。

実は、先ほどから彼の心のなかに、

（この女を喰《く》わせろ）

というクリシュの意志が、しつこいぐらいに響《ひび》いていたのである。

（餌はたっぷり持ってきてやったから）

リウイは心のなかで、幼竜をなだめた。

（あの金色の髪の女か？　赤い髪の女ならいらないぞ）

（金髪でも赤髪でも黒髪でもない！）

リウイはきっぱりと返した。

（丸々と太った仔羊《こひつじ》が五頭だ。オレたちだって、めったに口にしない御馳走《ごちそう》なんだぜ）

（人間のほうが、美味《うま》そうに見える）

（美味いかどうかは知らないが、とにかく人間は餌じゃない）

クリシュと心で会話していると、リウイはひどい疲《つか》れを覚える。

ザインでの戦いのおり、クリシュはロマールの兵士を嚙《か》み殺している。そのとき、どうやら人間の血肉《ちにく》の味を覚えたようだ。

このまま、この竜が成長して野放しになったとしたら、最強最悪の人喰《ひとく》いの魔竜になるかもしれない。

（責任重大《せきにんじゅうだい》だぜ）

リウイは思った。

幼竜が次に脱皮《だっぴ》するまで、あと何年かかるかわからない。

だが、そのときまでに、彼は成竜に竜の爪を埋《う》め込めるだけの戦士になっていなければならないのだ……

2

クリシュの転生竜《リボーンドラゴン》は、連れてきた五頭の仔羊をあっというまにたいらげてしまった。

仔羊たちの断末魔《だんまつま》の絶叫《ぜっきょう》やら、骨が嚙みくだかれる音が響《ひび》き、血や脳漿《のうしょう》が飛び散ったり、腸が牙《きば》のあいだから麵《パスタ》のように垂《た》れ下がるといった光景が展開された。

気の弱い人間が見たら、それこそ卒倒《そっとう》するような惨状《さんじょう》である。

しかし、それこそが、自然の摂理《せつり》というものだ。

仔羊を食料にしているのは、人間も同様なのである。火で炙《あぶ》り、塩胡椒《しおこしょう》や香草《こうそう》で味付けして、器《うつわ》に盛《も》ってくるからといって、残酷《ざんこく》ではないという理屈《りくつ》は成立しない。

竜司祭であるティカも、竜に倣《なら》い生肉しか食べないとの誓《ちか》いをたてている。

そういうわけで彼女は、クリシュから仔羊の足を一本だけ取り上げた。

クリシュは最初、怒《いか》り狂ったのだが、将来的には自分の餌になる女だと悟《さと》り、怒りを静めた。

（この女には、もっと柔《やわ》らかい肉をつけてもらわないとな）

竜司祭ゆえ、ティカにもクリシュの心の声は聞こえるはずだが、彼女はまったく動じなかった。

そのときには喜んで喰《く》われるぐらいの覚悟があるのだろう。

ティカは斧《おの》を振るって切り落とした羊の足を、ナイフで皮をはぎ、肉片を削《けず》りだしながら、美味《おい》しそうに口に運んだ。

リウイだけは保存が効くよう薫製《くんせい》にした豚肉《ぶたにく》と酢漬《すづ》けの野菜を食べたが、ひとりと一頭の食べっぷりを見ていると、自分の食事がなんとなく味気《あじけ》ないような気がしたものだ。

(オレも文明的というより、野生的な人間なんだろうな)

と、リウイは思う。

腹ごしらえが終わったので、いよいよ秘宝の追跡《ついせき》である。

リウイは古代語魔法の〈探索《ロケーション》〉の呪文を唱えて、エレミア王国の秘宝〝黄金のランプ〟の存在場所を探った。

そして、目的の宝物が北東に向かって移動中であることを知る。

「さあ、行くぞ」

リウイは竜司祭のティカと転生竜に呼びかけた。

「はい!」

ティカは明るく返事をすると、手早く転生竜に鞍《くら》を取り付ける。

竜の乗り手《ドラゴンライダー》のための特別な鞍で、ブルム族に古くから伝わっていた物を持ってきたのだ。

ブルム族の先の族長である転生竜に乗るというのは失礼なのではないかと、リウイは遠慮していたのだが、背中に乗るのも脚《あし》に摑《つか》まって運んでもらうのも同じだとティカに説得され、竜の乗り手となることを承知した。

妾腹《バスタード》の王子にして、魔法戦士《ルーン・ソルジャー》にして、竜の乗り手《ドラゴンライダー》とくると、吟遊詩人《ミンストレル》に武勲詩《サーガ》の題材にされてしまいそうなので、リウイとしてはあまり気が進まないのだ。

リウイの実の父であるオーファン王リジャールは、吟遊詩人に自らの武勲詩《サーガ》を創作させて広めさせたと、戦神マイリー大神殿の最高司祭《さいこうしさい》〝剣の姫〟ジェニから聞かされている。

それを聞いたとき、リウイは思わず硬直《こうちょく》し、手にしていたドワーフ製の陶器《とうき》を、床に落とした記憶《きおく》がある。

息子としては、あまりに恥ずかしかったのだ。

自分は詩の題材にされるような人間にはなりたくないと、リウイは思う。

好きなように生きて、好きなように死にたいのであって、それを他人にどうこう言われたくない。

しかし、現実はリウイの想いとは正反対の方向に動いている。

中身が伴《ともな》っていないのに、名声ばかりが膨《ふく》れあがっている気がするのだ。

リウイとしては、ただ降りかかる火の粉《こ》を払いのけてきただけなのだが……

(しかし、今回ばかりは騒動《そうどう》に巻き込まれてよかったのかもしれないな)

リウイは心のなかでつぶやいた。

自分の与《あずか》りしらないところで、世界の破滅《はめつ》の運命が定《さだ》まっていたらと思うと、ぞっとする。

婚約者《フィアンセ》である女性を失ったときのように、自分の力が不足していたり、自分が失敗したりという可能性は、もちろんある。

それでも自分の運命を他人任《まか》せにはしたくない。自分の身も、自分が大切に思う人々も、自分の力で守りたいのだ。

だから、リウイは日々の修練《しゅうれん》を怠《おこた》らなくなったし、失敗しないよう慎重《しんちょう》に行動するようにもなった。

(オレが神ならよかったのに)

それが傲慢《ごうまん》な考えであることは承知しつつ、リウイはそう思うときがある。

それなら、誰の手も必要とせず、皆《みな》を幸せにできる。

しかし、リウイは神ではないし、彼自身は神に守られて幸せになりたいとも思っていない。

困ったことに、リウイが大切に思っている人々は、彼と同じ考えの持ち主《ぬし》ばかりなのだ。誰かに一方的に守ってもらいたいなどとは思ってもいない。

結果、協力しあって、お互いを助け合うということになる。

ジーニたち三人は今、エレミアの後宮にとどまり、皇太子シュメールの護衛《ごえい》と後宮内に潜《ひそ》んでいる内通者の捜査《そうさ》を頼《たの》んでいる。

リウイはクリシュにまたがり、しっかりと革帯《ベルト》で身体《からだ》を固定した。

ティカは竜司祭としての能力を使って、背中に竜の翼《つばさ》を生やす。

そしてふたりは空を飛んで、秘宝を奪《うば》って逃走《とうそう》中の賊を追いかけた。

半日ほど無駄に時間を費《つい》やしたとはいえ、こちらは空を一直線に飛び、向こうは砂漠を進まねばならない。

すぐに追いつくかと思ったが、途中から相手の移動速度が、いきなり速くなった。

馬かラクダかに乗ったのだろう。

(間に合いそうにないな)

リウイは苦笑を洩《も》らした。

しかし秘宝がどこに運ばれるかを確かめるのが目的だったから、特に問題はない。

(できれば、奴《やつ》らが秘宝を奪った目的なんかも知りたいよな)

リウイはクリシュの手綱《たづな》を握《にぎ》りながら思った。

熱い風を切って、リウイとティカは砂漠の空を飛びつづけた。

そして夜遅くになって、ようやく賊は動きを止めた。

リウイは低空飛行に移って、その場所を目指す。

おそらく砦《とりで》か神殿《しんでん》、集落があるのだろう。そしてそこには暗殺者集団の首領《しゅりょう》ともいうべき人物もいるはずなのだ。

(顔を拝《おが》ませてもらうとするか)

リウイは不敵《ふてき》な笑いを浮かべた。

3

夜の闇《やみ》と冷気、そして静寂《せいじゃく》とが辺《あた》りを支配していた。

木々の影《かげ》が黒々と遠くに見える。

オアシスがあるのだ。

砂漠の地下を細々と流れる水脈《すいみゃく》が、低地で湧《わ》きだし、池や湖をつくるのである。

水分があれば、草も生《は》えるし、木々も育つ。そして人間もそこで暮《く》らすことができる。

だが、それでも、このカーン砂漠は生活に適《てき》した土地とは思えない。

（砂漠の悪意に染まって、ケシュ族の連中は邪教《じゃきょう》を信奉《しんぽう》するようになったのかもしれないな）

そんなことを考えながら、身を低くして、木陰《こかげ》から木陰へとリウイは移動していた。

クリシュはそう遠くない場所に置いてきてある。

もう夜半《やはん》を過ぎているというのに、集落は篝火《かがりび》が煌々《こうこう》と焚《た》かれ、大勢の人々が屋外を歩いていた。

まるで、祭りとか宴《うたげ》とかの雰囲気である。

黄金のランプを奪《うば》い取った祝いでもしているのだろうか。それとも、さっそく願いをかなえてもらおうとしているのかもしれない。

（せっかちな連中だぜ）

あまり、時間をおいては、肝心《かんじん》のところを聞き逃《のが》してしまうかもしれない。

（ここは手っ取り早く魔法だな）

リウイは素早く作戦を練り、さっそくそれを実行した。

「万物の根源《こんげん》、万能の力……」

リウイは木陰に潜《ひそ》んで、小声で呪文《じゅもん》を唱《とな》えた。

それも続けてふたつだ。

ひとつは〈言語《タング》〉の呪文である。

ケシュ族は独自の言語《げんご》を持っているので、部族民の会話を理解するには、絶対に必要な呪文だった。

何時間、潜入《せんにゅう》するか分からないので、最低ひとつは常備《じょうび》している魔晶石《ましょうせき》の力を借りて、持続時間を拡大《かくだい》しておく。精神が疲《つか》れなくて済《す》むが高価な魔法の宝物なので、冒険者時代には使えなかった。

ファンの街にいた頃、〝濡れ手で泡《バブリース》〟とかいう大成功した冒険者の噂《うわさ》を、冒険者の店の主人から伝え聞いたことがあるが、彼らは惜《お》しげもなく魔晶石を使って、冒険を次々、成功させていったらしい。

しかし、冒険で得《え》た財宝は、魔晶石の購入《こうにゅう》に充《あ》てることになるから、噂ほどには大儲《もう》けしていないのではないかと思う。

そしてもうひとつの呪文は〈隠匿《コンシール・セルフ》〉である。

これでリウイの姿は誰からも見えなくなる。そればかりか、音もしなくなるし、体臭《たいしゅう》まで消えてなくなる。精神の集中が必要なので、何かと疲《つか》れる呪文なのだが……

リウイは心を落ち着けて、まっすぐに集落のなかに入った。村の周囲には例の黒装束に身を包んだ見張《みは》りが立っていたが、リウイは自分の呪文を信じて堂々《どうどう》と脇《わき》を通りすぎてゆく。

魔術の勉強を続けてきたかいがあったというものだ。

〈火球《ファイアボール》〉の呪文も〈探索《ロケーション》〉の呪文も、そして〈言語《タング》〉や〈隠匿《コンシール・セルフ》〉の呪文も、リウイにとっては最上級《さいじょうきゅう》の呪文なのである。

もしも、どれかひとつでも使えない呪文があったら、状況はまったく変わっていたはずだ。

(昔は、すべて拳《こぶし》で片がつくと思っていたけどな)

リウイはふと思う。

集中しているときのほうが、そういう考えが浮かんでくるものなのである。

実を言うと、彼は今でも、どちらかといえば拳で片をつけたいと思っている。

しかしそれが、現実的でないのは承知《しょうち》している。

魔法であれ、剣であれ、最適《さいてき》の方法を選択《せんたく》するべきなのだ。

その選択の幅《はば》を広げるということが、つまりは魔術や剣術の修練《しゅうれん》なのである。

行《い》き交《か》うケシュ族の人々とぶつからないように神経を使いながら、リウイは集落の中へ中へと進んでいった。

彼の予想は正しく、集落はどうやら宴を催《もよお》しているらしかった。

「いよいよ悲願《ひがん》が叶う……」

「五百年来の夢《ゆめ》が……」

「我らの理想郷《りそうきよう》……」

そんな意味の言葉を、人々が交わしているのが耳に入る。

しかし、耳に神経を集中させてしまっては、呪文の集中が破れてしまうので、リウイとしては聞き流すしかなかった。

豪華《ごうか》な食事や大陸各地から様々な酒が振る舞われ、独特《どくとく》の音楽が奏《かな》でられ、踊りまわる人々もいる。

邪教を信奉し、暗殺者集団を抱えているケシュ族ではあるが、浮かれ騒いでいるかぎり、ただの気のいい人々にしか見えない。

こういう光景を見ているかぎり、どこの人間もそう変わらないように見える。

だが、人間は村や町、国や部族など、地図の上に境界《きようかい》を引きたがる。そのうえ、言語や習慣、信じる神の違いなどで、心のなかにも境界を作るのだ。

だから、争いが起こる。

リウイの経験では我慢《がまん》ならない人間はそれほどいない。殺したいと思うような人間は、今のところひとりもいない。

リウイにとって、最大の仇敵《きゅうてき》はロマールの軍師ルキアルということになろうが、会ったこともない人間なので、恨《うら》みの抱きようがない。

ただ、彼がやってきたこと、やろうとしていることは許せないと思うのみだ。

リウイは集落の中心らしい広場に腰を下ろして、儀式がはじまるのをじっと待った。

集中を続けるのは大変だが、ここで呪文を解《と》いてしまったら、大騒動になるのは目に見えている。

たとえ、半日でも一日でも集中を続けるぞ、とリウイは自らに気合《きあい》を入れた。

楽しげな宴は、かなり長い時間、続いたが、やがて人々がリウイが陣取《じんど》る集落の広場に集まりだした。

リウイは集まってきた人々と接触《せっしょく》しないために、広間の真ん中へ真ん中へと移動せざるをえなかった。

そして最終的には、広間の中心にある演台《えんだい》のところまで追いやられてしまったのである。

（ずいぶんな席だぜ）

リウイは心のなかで苦笑を洩《も》らした。

劇場《げきじょう》の最前列で、演劇《えんげき》などを見るような感じだ。

しかしここにいたら、肝心《かんじん》な話を聞きもらすこともないだろう。

しばらく待つと、黒装束の護衛に囲まれて、ひとりの老人が姿を現した。

やはり、黒い衣服を着て、頭にも黒布《くろぬの》を巻《ま》いている。

（あいつが首領《しゅりょう》か……）

あるいはケシュ族の族長とか長老といった立場の人物なのかもしれない。

その黒衣の老人が、リウイの目の前を通り過ぎてゆく。

リウイはさすがに緊張《きんちょう》したが、老人は彼の存在に気付くことはなかった。

そしてひとりの黒装束に付き添われ、ゆっくりと演台に上ってゆく。黒装束はその手に、あの黄金のランプを持っていた。

老人は演台に上がると、しんと静まって彼の言葉を待つケシュ族の民を見回した。

「いよいよ悲願《ひがん》が果たされるときが来た！」

老人は年齢《ねんれい》をまったく感じさせない声で、人々に呼びかけた。

「ここに、エレミア王家の秘宝〝黄金のランプ〟がある。すべての願いをかなえる伝説の秘宝が。わしはこれから、ランプの魔神を呼び出し、願いをかける。我ら部族を約束の地へと導《みちび》く偉大《いだい》なる精霊アトンを、この地に招来《しょうらい》するのだ！」

その言葉が終わると、ケシュ族の民のあいだから、歓声《かんせい》が上がった。

だが、人々の表情からは喜びだけではなく、不安のようなものも感じられた。

(念願がかなうというのにな)

リウイはふと疑問を覚えた。

なかにはすすり泣きをはじめる人々までいる。

(それにしても、アトンなどという精霊は聞いたことがないな)

リウイが首を傾《かし》げる。

昔とは違って、最近は知識の習得も怠《おこた》っていない。精霊についてはまだ謎《なぞ》も多いが、知られているかぎりの精霊の名は諳《そら》んじている。

(ま、シャザーラも精霊とか呼ばれていたしな)

賢者が分類するところの精霊とは、異《こと》なる存在なのかもしれない。たとえば、神であるとか魔神であるとかだ。

シャザーラにしても、魔神という呼び名もあった。

伝説が正しいとするなら、ファリス神かファラリス神の眷属《けんぞく》、あるいは従属神《じゅうぞくしん》というのが妥当《だとう》なところだろう。

(とにかく、アトンとかいう存在を、こいつらは神として崇《あが》めているってことだな)

リウイはそう判断しておいた。

いずれにせよ、儀式は失敗するのだ。

「出でよ！　シャザーラ!!」

老人が高らかに叫んだ。

血管《けっかん》が切れそうなほどに膨《ふく》らんでいる。

その呼びかけに応えて、黄金のランプから煙《けむり》が立ち上った。

そして先日見た、女性の姿をした魔神が実体化する。もっとも下半身は、残念ながら煙のままで、ランプと繋《つな》がっている。

「どなたが、ご主人様でございましょうか？」

シャザーラは老人を見つめ、それから周囲を見渡した。

「わしが、汝《なんじ》の主人だ。シャザーラよ、我が命に従うのだ。我が部族の守護神たる精霊アトンをこの地に召喚《しょうかん》せしめよ！」

老人は恍惚《こうこつ》とした表情で、シャザーラに命じた。

「あなたは、わたしのご主人様ではありませんゆえ、願いをかなえるわけにはまいりません……」

幾分《いくぶん》、残念そうな表情をしながら、シャザーラは身体を折りたたむような挨拶《あいさつ》を送った。

「な、なんだと？」

老人の表情がたちまち醜《みにく》く歪《ゆが》む。そして付き添《そ》っていた黒装束を振り返る。

「これはどういうことだ？」

「どういうことかと、言われましても……」

黒装束のくぐもった、そして狼狽《ろうばい》した声が、リウイの耳にもはっきり聞こえた。

儀式を見つめていたケシュ族の民のあいだからもため息がもれた。

ただ、リウイの目には、それが失望のため息なのか、安堵《あんど》のため息なのは分からなかった。彼らの表情は、あいかわらず複雑《ふくざつ》だった。

「願いがあるのなら、どうか、ご主人様をこの場にお呼《よ》びください。あとひとつ、願いをかなえてさしあげます……」

シャザーラは淡々《たんたん》とした口調で言うと、何を思ったか、いきなり宙《ちゅう》を舞《ま》い、リウイのすぐ目の前にやってきた。

そして、

「ご主人様は、いずこにおわしますか？」

と、いきなり声をかけたのである。

（呪文が解《と》けていたのか？）

リウイは緊張したが、観客であるケシュ族の民《たみ》や演台の周囲を警護する黒装束たちも、彼に気を止めた者はいない。

呪文の集中はまだ切れていないのだ。

しかし、シャザーラは全知全能の存在である。リウイの魔法など、子供だましでしかなかったのだろう。

「そこに誰かおるのか？」

老人の鋭《するど》い声が飛んだ。

（頼まれてもいないことをするんじゃねぇ）

リウイはシャザーラを睨《にら》みつけた。

「誰もおりません？」

黒装束のひとりが、狼狽しながら答えた。

それでも、確認のためか、曲刀を抜いてシャザーラの視線を頼りに、大きく振るった。

気合も力も入っていない一撃だったが、それはリウイの首を刎《は》ねるような軌道《きどう》を描《えが》いていた。

さすがに、それは我慢《がまん》できなかった。

リウイは曲刀から逃《のが》れて地面から転がった。当然、〈隠匿《コンシール・セルフ》〉の呪文も効果を失う。

「何者だ！」

突然《とつぜん》、姿を現したリウイを見て、人々が驚きの声をあげる。

「怪《あや》しい者じゃない！」

通用するはずのない言い訳《わけ》を、とりあえず叫《さけ》んでから、リウイは何事が起こったのか理解していない様子のケシュ族の民のあいだに飛び込んでいった。

「そいつを捕《つか》まえろ！」

老人や黒装束が口々に叫ぶが、リウイが長剣を抜いて大声を上げると、人々は悲鳴を上げながら逃げまどった。

ケシュ族の人間とはいえ、全員が暗殺者ではないということだ。

リウイは自分のほうが賊になったような後ろめたさを感じながら、全速力で走った。

そして走りながら、クリシュの転生竜に呼びかける。

（今すぐ、オレのところに来い！）

クリシュからは、承知の意志が返ってくる。

空を飛んでくるわけだから、それほど時間はかかるまい。

（それまで、保《も》てばいいってことだ）

リウイは長剣を振り回し、

「死にたくなければ、オレに近づくな！」

と、自分でも訳の分からない言葉を叫んでおいた。

恐怖にかられた人々が、リウイの近くから必死で離《はな》れようとする。その人の流れが、黒装束たちの接近を幸いにも阻《はば》んでいた。

そして逃げまどうケシュ族の人々に、新たな恐怖が襲《おそ》いかかることになる。

「竜だ！」

空から舞い降りてくる影に気付いた誰かが、悲鳴をあげた。

その悲鳴に全員の視線が空に向けられる。

「竜だ！　竜が襲撃《しゅうげき》してきたぞ!!」

その衝撃は、リウイが姿を現したときとは比べ物にもならなかった。

（さすが、最強の幻獣にして魔獣だぜ！）

リウイは心のなかで快哉《かいさい》を叫んだ。

実は、その竜がまだ幼竜でしかないことは、ケシュ族の誰も気づいていないだろう。

（喰《く》っていいか？）

クリシュの歓喜《かんき》の声が、リウイの心に届く。

（オレを運んで、すぐにここから飛び去ってくれ）

リウイはクリシュに命じた。

怒りや憎《にく》しみといった感情が返ってきたが、クリシュはリウイの命令を忠実に実行した。

リウイのもとへと舞い降りてきたのである。

鋭《するど》い鉤爪《かぎつめ》の生えたクリシュの足を掴《つか》むと、リウイは空に舞い上がるよう命じた。

「また会おう！」

予想もしなかった展開に興奮《こうふん》していたこともあり、リウイは無意味な言葉をケシュ族の人々に投げかけ、空《あ》いているほうの手を大きく振りながら、夜空のなかに姿を消した。

(どこに向かう？)

矢がとどかないぐらいのところまで舞い上がったところで、クリシュが訊《たず》ねる。

(仔羊を食べた岩場に向かってくれ)

リウイが心のなかで命じると、承知《しょうち》との答えが返ってきた。

あの岩場には、砂漠の民《たみ》に必要な様々な品物を置いてあり、ラクダも繋《つな》いである。

そうして空を飛んでいると、竜の翼《つばさ》で飛んでくるティカが追いついてきた。

「どうだったの？」

「予想もしない邪魔《じゃま》が入ったが、とりあえず目的は果たしたさ。奴《やつ》らの目的は、部族の守護神だか、導《みちび》き手だかを呼び出すことだと分かった。精霊アトンとか言っていたな」

「精霊アトンですか？」

ティカは翼を羽ばたかせながら首をひねった。

彼女もそういう名前の精霊は知らないようだ。

「ま、あとで誰かに聞いておくさ」

リウイはティカに声をかけた。

ラヴェルナ導師に連絡すれば、おそらくアトンとやらの正体もわかるはずだった。そして、彼女に分からないとしたら、誰に聞いても分かるはずがないのだから。

第5章　内通者《ないつうしゃ》

1

〝悪意の砂漠〟カーンから、リウイがエレミアの後宮《ハーレム》に帰還《きかん》してきたのは、出発した翌日の朝であった。

転生竜《リボーンドラゴン》クリシュを隠《かく》していた岩場に到着《とうちゃく》したのが夜半を過《す》ぎていたので、そのまま一泊《ぱく》することにしたのだ。

クリシュの世話は、ブルム族の竜司祭《ドラゴンプリースト》ティカに頼み、クリシュにも彼女を餌《えさ》にしてはいけないことを念を押しておいた。

「お帰り！」

リウイの姿を見て、黒髪《くろかみ》の少女が飛びついて両手を回してくる。

ミレルである。

彼女は今、肌《はだ》の露出《ろしゅつ》の多いエレミア後宮の制服ともいうべき衣装を着ているので、目のやり場にも手の置《お》き場にも、リウイは困った。

ここは、後宮内の客間のひとつ。今はリウイが部屋の主《あるじ》だ。

「お疲れさまでした」

メリッサが労《ねぎら》いの言葉をかけてくる。

そして、

「首尾《しゅび》はどうだった?」

と、ジーニが訊《たず》ねてきた。

ふたりとも色は違うが、ミレルが着ているのと同じ衣装に身を包《つつ》んでいる。

洋燈《ランプ》の精霊シャザーラが身に着けている衣服を真似《まね》たものである。

本人たちは嫌々《いやいや》、着ているのだろうが、客観的《きゃっかんてき》に見ると、まったく違和感《いわかん》がない。

ちょうどそのとき、エレミア王国の皇太子シュメールが、元踊り子で今ではこの後宮の妾妃《しょうひ》のひとりとなっているパメラを伴《ともな》って、姿を現した。

リウイが帰還したことを、衛兵から報告を受けたのだろう。

「無事でなによりだ」

エレミアの皇太子が、安堵《あんど》の表情で言った。

それは、彼の正直な言葉であろう。

もしもリウイの身になにかがあったら、国際問題になりかねないのである。妾腹《しょうふく》とはいえ、一国の王子が単身《たんしん》、敵地に乗り込むなど、シュメールの常識では考えられないことであるはずだ。

しかし、自分の生まれを知らずに冒険者をしていた頃《ころ》から、リウイはそういう性格だったのだ。そして性格というものは、なかなか変わるものではない。

リウイは乞《こ》われるままに、カーン砂漠の小部族ケシュ族の集落で、何があったかをつぶさに語っていった。

「……ずいぶん派手《はで》にやったものだな」

話を聞き終えて、ジーニが苦笑《くしょう》まじりに言った。

その言葉に、メリッサとミレル、それにシュメールとパメラまでもがうなずく。

「お願いだから、無茶《むちゃ》はしないでよ」

ミレルが豊《ゆた》かとはいえない胸を押さえながら、泣きそうな顔をして言った。

「派手にやるつもりも、無茶をするつもりもなかったんだけどな」

リウイは悔しそうに答えた。

「すべてはランプの精霊シャザーラが、よけいなことをしたからなんだぜ。オレとしては、じっと姿を隠《かく》して、儀式を見物するだけの予定だったんだから」

しかし、シャザーラがわざわざリウイに向かって、主人が——すなわち、シュメール王子がどこにいるかと訊ねたものだから、そのあとの大騒動《おおそうどう》になったわけだ。

「とにかく、ランプを盗《ぬす》んだだけでは、願いはかなえられないことが、連中にもわかったはずだ。シャザーラの奴《やつ》も、願いをかなえて欲しくば、主人をここへ呼べ、とか言っていたしな……」

「次は、わたしを狙《ねら》ってくる、ということか」

シュメールがつぶやく。

「おそらくな」

リウイが相槌《あいづち》を打った。

「不可抗力《ふかこうりよく》だったとはいえ、結果的にオレは連中を挑発《ちようはつ》してしまった。早晩、奴らはこの後宮を襲撃《しゆうげき》してくるに違いない」

「本来なら、こちらから兵を派遣《はけん》して、成敗《せいばい》したいところなのだがな……」

皇太子であるシュメールには、その権限《けんげん》はない。そして父である現国王に、出兵《しゆっぺい》を願いでるわけにもゆかないのである。

出兵の理由を問われたら、エレミア王国の秘宝中の秘宝〝黄金のランプ〟を賊に奪《うば》われたことを明かすしかないからである。

それは皇太子を廃《はい》されてもしかたがないほどの失態《しったい》なのだ。

「エレミア王は、いつ頃、退位《たいい》されるんだ？」

リウイは訊ねた。

「ちょうど二十日後だ。わたしも、このあと王城に赴《ゆ》かねばならん。帰ってくるのは、夜になろう……」

「しばらくのあいだ、王城で生活するわけにはゆかないのか？」

そのほうが警護《けいご》も厳重《げんじゅう》なはずだと、リウイはシュメールに言ってみる。

「わたしに身を隠せと？」

「安全を期《き》すなら、そのほうがよくないか？　万一、賊に襲撃されたときには、出兵の口実にもできる……」

「提案《ていあん》として、聞いておこう。しかし、それはできない。後宮には妃たちがいて、わたしを待っているからな」

「それが理由かよ……」

ミレルがじとりとした目をして、小声で吐《は》き捨てる。

「だけど、皇太子様の寵愛《ちょうあい》を受けるには、何十日も順番を待たないといけないんですよ。わたしなんか、このまえの騒動でせっかくの初夜がだいなしだったんですから」

ミレルの言葉を聞いて、パメラがため息まじりにつぶやく。

「そりゃ、大問題ね……」

ミレルが疲《つか》れた声で言った。

「とにかく、シュメール王子の決意がそういうことなら、オレたちは全力で賊を迎《むか》え撃つだけのことだ」

リウイの一言に、ジーニたち三人が力強くうなずく。

「面倒《めんどう》をかける」

シュメールが言って、軽く頭を下げた。

「気にしないでくれ。世界が破滅《はめつ》したら困るのは、オレたちも同じなんだから」

そう、問題はエレミア一国のことではないのである。

「それにしても、精霊アトンって、いったいなんなのかしら？」

ミレルが思い出したようにつぶやく。

ケシュ族の族長だか、長老だかの老人は、黄金のランプを使って、部族の守護《しゅご》神《しん》らしい精霊を召喚《しょうかん》しようとしたのである。

「聞いたこともないな」

シュメールが首を捻《ひね》った。

「ま、オレたち全員が知らないってことは、ほとんどの人間が知らないってことだ」

機会があれば、リウイはオーファンのラヴェルナ導師に訊《き》くつもりでいる。彼女は天才的な魔術師にして、アレクラスト大陸全土を旅し、『博物学《はくぶつがく》』を著《あらわ》した賢者《けんじゃ》でもある。

「精霊なのか、魔神なのかはともかく、本当に実在しているのでしょうか？」

メリッサが疑問《ぎもん》を口にする。

「でも、実在するかどうかも分からない守護神をわざわざ呼ぶようなことするかな」

「実在しない神を信仰《しんこう》している連中だって、この大陸にはいるからな」

リウイがミレルに答えた。

「それに問題なのは、アトンが実在しているかどうかとか、どういう存在かじゃない。それがランプの精霊シャザーラにとって、最後の願いであるということだからな」

伝説のとおりなら、それで世界は滅びるのだから、その他の問題はどうでもいいのだ。

「それは、そうなんだけど……」

ミレルがうなずきながらも、股《また》のあいだに両手を差し込んで、もどかしそうに身を動かす。

「なにか、気になるの？」

それを見たメリッサが微笑《ほほえ》みながら、訊ねる。

「言葉にするのは難《むずか》しいんだけど……」

ミレルは自信なさそうに言った。

「まとめなくていい。思ったまま、言ってくれ」

リウイがミレルをうながす。

彼女の頭の回転の速さは、全員が認《みと》めるところだが、それだけではなく優《すぐ》れた直感の持ち主でもあるのだ。

「彼らだって、伝説は知っているはずよね」

リウイの言葉に自信を得たようで、ミレルは語ってゆく。

「ランプの精霊シャザーラはあらゆる願いをかなえると、伝説では謳《うた》われているわ。同時に、最後の願いをかなえたとき、世界が滅亡《めつぼう》するとも、ね」

それは全員が知っていることなので、誰も口をはさまず、ミレルの次の言葉を待つ。

「伝説の都合《つごう》のいい部分だけを信じて、黄金のランプを盗みだすって、おかしくない？」

ミレルは全員を見回しながら言った。

「信じるのなら、両方を信じるのが普通だと思うの」

「なるほどな……」

リウイが腕組みしながら、深くうなずく。

ジーニもメリッサも、はっとした表情になる。

そして、シュメールとパメラにも、ミレルの意図《いと》するところは伝わった。

「だから、世界の滅亡とひきかえに、実現したい願いって何かあるのかなって、考えてみたんだけど……」

「そんなもの、あるわけないわ」

パメラがシュメールに身を寄《よ》せながら、震《ふる》える声で言った。

「すくなくとも、まともな人間なら……」

たとえ願いがかなっても、その一瞬後には破滅《はめつ》が待っているのである。

「だから、相手はまともな人間じゃないってことでしょ。宮殿を襲《おそ》って、王国の秘宝を奪うなんて。そうとしか考えられないもの。それに、砂漠の部族は、暗殺とか人攫《ひとさら》いとかも仕事にしているし……」

「あたしも、そう思ったの。だから、黙《だま》っていようとしたんだけど……」

ミレルはパメラに答えると、責《せ》めるような目でリウイを振り返る。

「奴らがまともじゃないと考えるのは、たしかに答えのひとつだ。だけど、もしも相手がまともだと仮定したら、どんな答えが出てくる？　当然、ミレルは考えついたんだろ」

リウイの言葉に、ミレルはこくりとうなずく。

「ひとつだけ考えついたの。というか、それ以外に考えようがないしね」

ミレルは言って、笑わないでよ、とリウイに念を押す。

「約束《やくそく》する」

リウイは真顔でうなずいた。

「世界の滅亡とひきかえにできる願いがあるとしたら、それはやっぱり世界を滅ぼすことなんじゃないかって……」

その言葉に、リウイを除《のぞ》いた全員が、あっけにとられる。

「ただの言葉遊びじゃないか」

ジーニが憮然《ぶぜん》とした顔で、ミレルを睨《にら》みつける。

メリッサも困惑《こんわく》の表情を浮かべた。

パメラはむしろ安心したようにため息をつき、シュメールは無表情を装《よそお》った。

ただひとり、リウイだけが真剣な表情でうなずいた。

「言葉遊びなのは確かだが、ミレルは間違っちゃいない。奴らをまともな人間だと仮定《かてい》するならだが、その目的は世界を滅ぼすってことしかない」

ミレルが顔を真っ赤にしながら、首をこくりとさせる。

「だったら、あたしは……」

パメラが自分の身を両腕で抱きしめながら、ぽつりとつぶやいた。

「奴らがまともな人間じゃないことを、心の底から祈《いの》るわ」

彼女の言葉は、その場にいる全員が賛成《さんせい》するところだった。

2

そのあと、シュメール王子は、王位継承《おういけいしょう》の準備《じゅんび》のために王城へと向かった。

何十人もの近衛《このえ》騎士《きし》の迎《むか》えもあるし、王子自身もかなりの剣の使い手だから、まずは安心だろう。

ただし、帰りは夜になるから、襲撃の可能性はある。

暇《ひま》があれば、王城まで迎えにゆこうとリウイは心に決めた。

元踊り子の妾妃パメラもシュメール王子を見送るためと、朝食の用意をするため、部屋から出ていった。

彼女は後宮に滞在《たいざい》するあいだのリウイたちの世話を買ってでてくれているようだ。

この後宮では、女性たちのあいだに序列《じょれつ》はない。だから、侍女《じじょ》というものがいない。

客の接待《せったい》から、身の回りのことまで、妾妃たちが分担《ぶんたん》して行う。

その意味では、普通に嫁入《よめい》りするのとさほど変わりはない。だが、その暮らしはあくまでも豪華《ごうか》だ。

シュメール王子とパメラがいなくなって、部屋にはリウイとジーニたち三人が残った。

「オレのほうは言ったとおりとして、ミレルたちのほうはどうだ？　内通者《ないつうしゃ》の見当はつきそうか？」

「昨日の今日じゃない。それに亡《な》くなった妾妃の密葬《みっそう》とかで、昨日は大変だったんだから」

リウイに問われて、ミレルがあわてて首を横に振った。

「三十一人の妾妃たちの名前と顔をやっと覚えたところよ。それから、彼女らの関係とかをね」

「それだけでも凄《すご》いな……」

リウイは感心した。

彼自身は人の顔や名前を覚えるのにあまり熱心《ねっしん》ではないし、得意《とくい》でもない。

「それにしても、彼女らの関係っていうのは？」

「女が何十人も一緒に暮らしているのよ。いろいろあるに決まっているじゃない」

「仲がいいとか、悪いとかか」

「単純に言えばね」

だが、現実にはそんな単純なものではない。

シュメール王子は妾妃たちを平等に扱《あつか》っているつもりでいるのだろうが、彼女らも同じように考えているかどうかは、考慮《こうりょ》していないに違いない。

あくまで独善《どくぜん》なのだ。

「言いたくないけど、妾妃たちの前歴《ぜんれき》は様々よ。パメラのような踊り子もいれば、異国の女性だっている。そうかと思えば、それなりの家柄《いえがら》の女性だっているしね」

シュメール王子の知らないところで、妾妃たちの派閥《グループ》ができつつある、とミレルは言った。

「オレは絶対にかかわらないぞ」

ミレルの話を聞いて、リウイは宣言《せんげん》するように言った。

「当たり前よ。あたしたちはあくまで部外者《ぶがいしゃ》なんだから。妾妃たちもそのことを知っているから協力的なのよ」

ミレルたちがふれこんだわけではないが、この宮殿の妾妃たちは、彼女らのことをリウイの愛妾だと思っているようだ。

女性だけを三人も連れて、旅をしているわけだから、そう思われてもしかたがない。

本当のことを説明するのも面倒《めんどう》だし、ミレルにとっては望むところでもあるので、あえて否定はしていない。

ただ、夜のことをやたら訊ねられるのだけが困りものだった。

体格が体格だけに、夜のほうも激《はげ》しいのではないかと、彼女らは期待しているのだ。

彼女らの夫であるシュメール王子は容姿《ようし》のとおり、情熱《じょうねつ》的ではあるものの基本的には優《やさ》しいらしい。

シュメール王子が初めての相手だという妾妃も少なくないから、正反対に見えるリウイに興味《きょうみ》を覚えるのだろう。

(あたしにどう答えろっていうのよ)

ミレルは内心、そう思いながら、見てのとおりだという返事をしておいた。

それだけで、妾妃たちは例外なく納得《なっとく》するのだ。

もっとも、彼女らがどういう想像をしているかは、ミレルの知ったところではない。

ミレルは毛深い絨毯《じゅうたん》を利用して、そこに円を三つ描いた。

「派閥は大きく三つ。それぞれに、中心となっている妾妃がいる。それと、数人の取り巻きね。あとの妾妃は、後宮で暮らしやすいように仲間になっているだけ。そういう集団とは別に個人的な交友関係《こうゆうかんけい》もあるし、みんなとうまくやっている人や、あえて仲良しをつくらない人もいる。もっとも襲撃《しゅうげき》で命を落とした妾妃もいるから、今は派閥の再編《さいへん》が進んでいるところ」

「な、なるほど……」

リウイはうなずいたが、深くは考えないことにした。

「時間がないから、あえて内通者がいるって噂《うわさ》を流してあるの。それを探しだすのが、あたしの仕事だって。そしてみんなに協力を求めている」

犯人は警戒《けいかい》するだろうが、相互監視《そうごかんし》の状態にしておけば、うかつに動けない。

内通者を探しだすことも重要《じゅうよう》だが、再度の襲撃が予想されるわけだから、仕事をさせないことも重要なのだ。

「妾妃たちから、いろんな情報が集まってくるから、じっくりと絞《しぼ》り込《こ》んでゆくわ」

ミレルはそう言って、自信の表情を見せた。

「さすがだな」

リウイは満足そうにうなずく。

ミレルはオーファン盗賊ギルドにとっては、秘蔵っ子ともいうべき少女なのだ。

「ミレルには、その仕事に専念《せんねん》してもらうとして、シュメール王子がいないあいだ、わたくしたちは何をすればよろしいのでしょう」

メリッサが訊ねてきた。

シュメール王子が後宮にいないあいだは、護衛のしようがないのである。

それなら、何もしなければいいだけじゃないかと、リウイは思ったが、後宮暮らしは彼女らにとっては退屈《たいくつ》なだけなのだろう。

しばらく考えて、リウイはひとつ思いついた。

「メリッサは妾妃たちに、護身術《ごしんじゅつ》を手ほどきしてあげたらどうだ。連中は女たちにだって容赦《ようしゃ》はしないということがわかったからな。それで、ひとりでも救われる女性がいるなら、無駄にはならないだろう」

「承知しました」

メリッサは微笑みながらうなずく。

「だったら、わたしとおまえの役割も決まったな」

ジーニが心得たように声をかけてくる。

「そういうことだ」

リウイもニヤリとしてうなずく。

「どういうこと？」

ミレルが訊ねる。

「衛兵たちを鍛《きた》えるのさ。前回の襲撃を見るかぎり、ちょっと不安があるからな。後宮の守りを固《かた》くしておかないと、また妾妃たちに犠牲《ぎせい》が出ることになる。そんなのは、御免《ごめん》だからな」

シュメールはまだ国王ではないので、家臣《かしん》はほとんどいない。家臣の子弟《してい》から選んだり、あるいはエレミアの住人から公募《こうぼ》して衛兵隊を組織しているが、素質《そしつ》はともかく圧倒的《あっとうてき》に経験《けいけん》が不足している。

だいたいエレミアは、建国以来、大きな戦《いくさ》は一度もしていないのだ。

リウイにしても本格的な戦いは隣国ザインで経験したのが初めてだが、冒険者時代に修《しゅ》羅場《らば》はいろいろと経験している。そしてこの旅に出るまでの数か月間、実戦経験の豊かな実父リジャールに連日のように鍛えられた。

ジーニも冒険者になる前は傭兵《ようへい》暮らしをしており、幾度《いくど》も戦場に立っている。

ふたりはそれを衛兵たちに伝授《でんじゅ》しようというわけだ。

手の空いている衛兵を代わる代わる呼んで、実戦での戦い方や心得《こころえ》を教えこんでゆく。先日の襲撃では、不覚《ふかく》をとったという自覚があるから、衛兵たちは皆《みな》、真剣にリウイたちの話に耳を傾《かたむ》けた。

そのあいだに、メリッサは妾妃たちを集めて、短剣の扱《あつか》い方や、辱《はずかし》めを受けそうになったときの自害《じがい》のしかたまで教えてゆく。

メリッサは、生まれ故郷のラムリアースでは、武門で名声《めいせい》の高い貴族の家に生まれ、子供の頃から玩具《おもちゃ》がわりに細剣《レイピア》を与えられたほどだ。

非力《ひりき》な女性でもできる戦い方は、熟知《じゅくち》している。

数日前まで優雅《ゆうが》だった後宮はまるで、ロマールにある闘技場《とうぎじょう》のような殺伐《さつばつ》とした雰囲気になり、剣を撃ち合う音や、様々な気合の声が乱《みだ》れ飛んだ。

そんななかを、ミレルは笑顔を装《よそお》いながら歩いてまわり、護身術や剣の稽古で興奮《こうふん》し、口の軽くなった妾妃たちや衛兵と会話をかわしてゆく。

おそらく、ほとんどの者が、ただ雑談《ざつだん》しているとしか思えなかっただろう。

だが、ミレルはそのなかに、いろいろな〝探《さぐ》り〟を入れてある。

それらが、やがて様々な情報を連れてミレルのもとに帰ってくるはずだった。

そして、それはその日の夜には、早くも形になる——

3

シュメールが帰ってきたのは、夜半《やはん》に近かった。

リウイとジーニのふたりは、三人の衛兵を伴《ともな》って、王城から後宮までの道のりを何回も往復して、怪《あや》しい者が潜《ひそ》んでいないか確《たし》かめた。

しかし、いかに神出鬼没《しんしゅつきぼつ》の暗殺者集団とはいえ、再襲撃の準備はまだ整《ととの》っていないようだった。

リウイたちは怪しい人間は見つけられなかったし、シュメールも何事もなく後宮までもどってきた。

そしてささやかな酒宴《しゅえん》が開かれる。

しかし、妾妃や衛兵に犠牲者が出たばかりでもあり、華《はな》やかさとは程遠《ほどとお》いものであった。

宴《うたげ》には、リウイとジーニたち三人。そして元踊り子のパメラをはじめ、数人の妾妃が同席していた。

そのうちのひとりは、今夜の寵愛《ちょうあい》を受けるはずの妾妃である。

「わたしの留守のあいだ、妾妃や衛兵たちを鍛《きた》えてくれたのか……」

妾妃のひとりに酒を注《つ》いでもらいながら、シュメールがひとりごとのようにつぶやく。

「そういうことも教えておくべきだったのかもしれないな。妃たちには、ただ輝いていてほしいとだけ思っていたのだが……」

「この後宮の女性たちは、エレミア国王の妃となるのですから、そのぐらいの自覚は必要です」

メリッサがシュメールを窘《たしな》めるように言った。

エレミアの皇太子は苦笑を洩《も》らし、リウイに視線を向けた。

「あなたの美しい従者は、なかなかに手厳《てきび》しい」

「オレにはもっと厳しいぜ」

リウイは苦笑を浮かべる。

後宮にいる妾妃たちは、従順《じゅうじゅん》であることが第一の条件となる。他の妾妃たちと横並びであることを求められるからだ。

しかし、ジーニたち三人は妃でも、愛妾でもない。ましてや臣下《しんか》でも、使用人でもない。彼女らはリウイの身分を尊重《そんちょう》しつつも、基本的には対等につきあっている。

(従順なだけの女なんて、かえって不気味《ぶきみ》だと思うけどな)

ジーニたちが何を考えているかは、だいたいわかる。

だが、何も主張しようとしない女の心のなかは謎《なぞ》でしかない。

「わたしは欲張りだから、ひとりの女性だけを一生、愛することはできないと思う。その女性に、わたしが求めるすべてを押しつけるわけにもゆくまいからな……」

シュメールはしみじみと言った。

その言葉を聞いた妾妃たちは、無言のまま微笑んでいた。

(この後宮にいるかぎり、彼女らは世の中の大半の苦労から解放されている。それは間違いなく幸せなはずだ……）

リウイは思った。

踊り子のパメラもまた、そういう幸せを期待して、この後宮に入りたいと思ったのだ。

皇太子の寵愛をひとりじめにしようとは考えてもいないだろう。

そして、この後宮に入ってからの彼女は、シュメールの言葉どおり、とても輝いているように見えた。

誰に対しても明るく振《ふ》る舞《ま》っているし、後宮内の仕事も率先《そっせん》して引き受けている。

それに比べて、王子の前でだけ、従順に振る舞っている女性も多いだろう。

しかし、シュメールはあくまで、平等に扱《あつか》う。それは、この後宮がそれを前提《ぜんてい》としているからだ。

（それが正しいかどうかではなく、オレの流儀《りゅうぎ》とは違うってことだ）

リウイがそう心のなかでつぶやいたときだった。

五人ほどの妾妃たちが一団になって、酒宴の席にやってきた。

「なにか、あったのですか？」

シュメールが優しく問いかけた。だが、その視線《しせん》は冷たく感じられた。

彼女らの行為《こうい》は、この後宮の秩序《ちつじょ》を乱《みだ》すことなのだろう。

妾妃たちは互いに顔を見合わせて、小声で相談《そうだん》する。

そして、そのうちのひとりが覚悟を決めたように一歩、進みでた。

「皇太子様やリウイ様に聞いていただきたいことがあります」

その妾妃は声を震《ふる》わせながらも、思いきって言った。

「明日ではいけませんか？」

シュメールが訊ねた。

「今、お聞きいただきたいと思います」

妾妃は今度はきっぱりと言った。

「わかりました。聞きましょう……」

シ・ュメールはあきらめたようにうなずき、その妾妃の言葉を待つ。

彼女はごくりと喉《のど》を鳴《な》らしてから、

「パメラ妃を捕《と》らえてください！」

と叫んで、パメラを指差《ゆびさ》した。

「彼女こそが賊の一味なんです!!」

「あ、あたしがですか？」

パメラは心底《しんそこ》、驚いたようで、手にしていた酒壺《さかつぼ》を取り落としてしまった。

純金製なので割れることこそなかったが、たっぷりと入っていた酒が、張《は》り替《か》えたばかりの絨毯《じゅうたん》にこぼれる。

「も、申し訳ありません」

パメラはあわてて拭《ふ》きとるものを取ってこようとする。

「逃げるつもりなのではないでしょうね？」

彼女を内通者だと糾弾《きゅうだん》した妾妃が、両手を広げて彼女の行く手を遮《さえぎ》る。

「どうして、彼女が内通者だと思うの？」

シュメールがあいかわらず静かな声で訊《たず》ねた。しかし、その表情ははっきり厳《きび》しい。

他の妾妃たちを貶《おとし》める言動《げんどう》は、この後宮では禁忌《タブー》なのかもしれないな、とリウイはその様子を見て思った。

「みんなが言ってます。彼女が来た日に、賊が侵入《しんにゅう》してきました。踊り子のなかには、砂漠の民《たみ》の娘も多いと聞いています。賊が侵入してくる直前に、衛兵のひとりとひそひそ話をしているのを見たという人もいます」

「ただの噂ではないですか……」

シュメールが小声で囁《ささや》いて、ゆっくりと立ち上がろうとした。

パメラを糾弾にきた妾妃たちを追い返すつもりなのだ。

しかし、そんな彼を、

「お待ちください」

と言って、止めた者がいた。

ミレルである。

ジーニとメリッサが驚いて黒髪の少女を見つめる。

リウイも表情こそ違ったが、ミレルに視線を向けた。

「実は、あたしもパメラ妃を怪《あや》しいと睨《にら》んでおりました」

全員が注目するなか、ミレルはシュメール王子に向かって恭《うやうや》しく言った。

パメラは信じられないというように何度も首を横に振った。

ジーニとメリッサも、当惑の表情で顔を見合わせる。

「あなたが来た日に、賊が侵入したのは事実だもの。それに、ケシュ族の娘の多くが踊り子とか旅芸人だってこともね。わたしたちに接触《せっしょく》したのだって、リウイの正体に気づいたからじゃない？　そして思惑《おもわく》どおり、あなたはこの後宮に入りこむことができた……」

「ち、違います。わたしはこの街の生まれです。父を早くに亡《な》くしたんで、生活のため踊り子になったんです。リウイ様がオーファンの王子だなんて知りませんでしたし、この街で生まれた女性なら、誰だって後宮に入ることを夢見ます。わたしは賊の仲間なんかじゃありません」

パメラは、必死の表情で訴《うった》えた。

しかし、ミレルは冷たい表情で、元踊り子の妾妃を見つめた。

そして、彼女の側に歩み寄ると、何を思ったか右手を開いて全員に見せた。

その手には、もちろん、何もない。

それから、その手を、彼女の着ている後宮の衣装《いしょう》のわずかに布で隠《かく》された胸もとに差し入れる。

そして手を抜いたとき、ミレルの手は小さな紙包《かみづつ》みをつまんでいた。

ミレルはその紙包みを開き、中に入っていた黄色い粉《こな》を全員に見せる。そしてその粉を小指につけて、舌先でなめたあと、空になっていた酒壺に唾《つば》を吐《は》きだす。それから、念を入れて葡萄酒《ワイン》でうがいをした。

「毒《どく》よ……。これで証拠《しょうこ》は十分よね」

ミレルは宣言するように言った。

「そ、そんな……」

パメラは言葉を失い、その場で両膝《りょうひざ》を落とした。

「皇太子《こうたいし》様、彼女を幽閉《ゆうへい》していただけませんでしょうか？　あたしが尋問《じんもん》してみたいと思いますので」

ミレルはそう言って、シュメールに頭を下げた。

「あなたに、おまかせしよう……」

シュメールは鷹揚《おうよう》に言うと、憤然《ふんぜん》とした表情で席を立った。

今夜、寵愛を受けるはずの女性があわててその後を追う。

かわりに衛兵がふたり、駆《か》けつけてきて、放心状態《ほうしんじょうたい》のパメラを連行していった。

「ね、わたくしの言ったとおりでしたでしょ」

パメラを糾弾した妾妃がひきつったような笑みを浮かべて、同行の妾妃たちを振り返る。

「やっぱり、噂は本当でしたのね」

彼女らもあわてて首を縦《たて》に振った。

そして妾妃たちは、大広間から去っていった。

「あたしたちも部屋へ」

ミレルが、にっこりと笑い、リウイたちに声をかけた。

「そうだな」

リウイが鷹揚にうなずいて、まだ困惑《こんわく》している様子《ようす》のジーニとメリッサを強引《ごういん》に誘《さそ》う。

そして四人は、リウイが使っている客間へと場所を移《うつ》したのである。

「まったく、見事なものだな」

部屋に入るなり、リウイが声をかけた。

「なぜ、パメラが内通者だと分かった？」

「まったく、信じられませんわ」

ジーニとメリッサが口々に言ったあと、我慢《がまん》しきれないというように、くすくすと笑いだす。

「ね、ね、いつから気づいた？」

ミレルが得意そうに、リウイたちに訊ねる。

「オレは最初からだな。妾妃たちが、パメラを糾弾に来たのも、ミレルの仕込みだろ？」

リウイがにやりとする。

「わたしはパメラの胸から毒薬を取りだしたときだ。あのとき、わざと何も持ってないことを見せただろう。それで分かった」

「わたくしも、そのときです。あいかわらず見事なお手並みですね」

ジーニとメリッサは真顔にもどって言った。

「それにしても、ずいぶん強引な手を使ったものだな。パメラにはすぐに謝《あやま》っておけよ」

「うん、分かっている。でも、彼女なら理解してくれると思う。彼女は盗賊ギルドともつながりがあるみたいだしね」

リウイの言葉に、ミレルは素直にうなずく。

「しかし、あんな芝居《しばい》で、本物の内通者を見つけられるのか？」

「完全には無理だけど、絞《しぼ》り込《こ》みはできると思う」

ミレルは自信の表情で言った。

「昼間のあいだに、わたしはいろんな人にパメラに疑《うたが》いを持たせるような噂の種《たね》を仕込《しこ》んでおいたの。もちろん、パメラの名前は伏《ふ》せてよ」

それが一周してくるあいだに、パメラが内通者に間違いないという噂になったのである。

そして、彼女に反感を抱いていた妾妃たちが、糾弾にきた。

鼠《ねずみ》——情報屋《じょうほうや》が得意とする情報操作《そうさ》をミレルは使ったのだ。

「あとは、この後宮の人間関係と照らしあわせて、噂がどう広まったかを調べる。その途中に、あたしが流した噂の種に手を加えたものがきっといる。本物の内通者しか知らない情報を加えたり、不都合《ふつごう》な噂はもみ消したりとかね……」

「たいしたもんだな」

リウイは感心したようにうなずいた。

手先が器用《きよう》なだけではなく、頭もよくなければ、一人前の盗賊になれないというのも当然だと思う。

「やめてよ。こんなことができるのは、あたしが盗賊だからなんだもの……」

ミレルは恥ずかしそうに顔を伏《ふ》せた。

「でも、リウイの役に立てたんなら嬉《うれ》しいけど」

「もちろん、役に立てるさ」

リウイは声に力を込めた。

「とにかく、シュメール王子が即位《そくい》さえすれば、エレミアの全軍を率《ひき》いて、ケシュ族を討《とう》伐《ばつ》できる。黄金のランプを奪い返すことなんか、簡単なことだ」

しかし、賊たちもそのことは承知《しょうち》の上だろう。だからこそ、即位前に、シュメール王子の後宮を襲撃《しゅうげき》してきたのだ。そして、再度の襲撃はかならずある。

(だが、かならず撃退《げきたい》してみせるさ)

リウイはかたく心のなかで誓《ちか》った。

4

「パメラ……」

そう声をかけながら、ミレルは牢屋《ろうや》というには、あまりにも豪華《ごうか》な部屋のなかに入っていった。

「ミレルなの？」

先日までエレミアの街で踊り子をしていた娘が声をあげ、倒れ伏《ふ》していた長椅子《ながいす》から身を起こした。

「尋問《じんもん》に来たの？　それとも自害《じがい》するための毒《どく》でも持ってきたとか？」

パメラはミレルに厳《きび》しい視線を向ける。

「ごめんね。あなたを悪者にしてしまって……」

ミレルは頭を下げた。

パメラは当然、自分が無実だと知っている。そして、彼女に罪《つみ》を着せたのは、他でもないミレルなのだ。

「分かっているわ。何か理由があるんでじょ？」

パメラはミレルを手招《てまね》きして、隣《となり》に座《すわ》るように勧《すす》めた。

ミレルは素直に応じ、ふかふかの長椅子《ながいす》に腰を下ろす。

「ひとつはお妃様たちを安心させるため。もうひとつは本物の内通者を見つけだすためよ。誰かが、あなたに罪を着せようとしたのは間違いないんだから……」

「あなたがあたしを捕《つか》まえたことで、内通者は油断すると思う？　それとも警戒《けいかい》する？」

「それは向こうしだいかな。あたしが向こうの思惑《おもわく》どおりに動いたと知ったら、油断するだろうし、あえて思惑に乗ったとしたら警戒すると思う。油断してくれたら捕まえやすくなるし、警戒してくれたら活動できなくなるはずだから、あたしにとってはどっちでも動きやすいの」

パメラの問いに、ミレルはそう答えた。

「あなたは、リウイ王子の密偵《みってい》よね。昔は盗賊《とうぞく》だったんでしょ？」

「見てのとおりよ。あなたは？」

ミレルは訊《たず》ねかえす。

「あたし自身は盗賊じゃないわ。でも、この街の盗賊ギルドに踊り子たちを仕切っている男がいてね。あたしたちはその男に働かされていたわけ」

パメラが不機嫌《ふきげん》に答えた。

どうやら、その踊り子の元締《もとじ》めのことを快《こころよ》く思っていないらしい。

その理由は簡単《かんたん》に想像《そうぞう》できる。つまり、盗賊のほうは彼女を気に入っているということだ。当然、いろいろと強要《きょうよう》されるのだろう。

踊り子を続けるためには、パメラとしては嫌々でも応じるしかない。そしてそれ以外の生活の仕方を彼女は知らないのだろう。

「あたしのギルドにも同じような男がいたわ……」

ミレルも嫌《いや》な記憶《きおく》を思いだす。

その男は女を食い物にして荒稼《あらかせ》ぎし、金にものをいわせて盗賊ギルドの副首領にまでなった。

そして事もあろうか、ミレルに情婦《じょうふ》になれと要求してきたのである。

「女に生まれると、いろいろ男で苦労させられるね」

ミレルがしみじみと言うと、パメラが苦笑しながらうなずいた。

「シュメール王子のお妃様になれて、やっと幸せになれたと思ったのに、まさか牢屋《ろうや》に入れられるなんてね。でも、あたしが街で暮らしていたときの部屋より、はるかに豪華《ごうか》だけど」

パメラはそう言って、悪戯《いたずら》っぽく舌《した》をだす。

「この後宮《ハーレム》は、なにもかもが贅沢《ぜいたく》よね」

ミレルがため息をつく。

「あなたも、この後宮に入ればいいのに。あなたとはいい友達になれそうだから、あたしとしては嬉しいのだけど……」

「あたしはダメ。リウイ以外の男のことなんて、考えられなくなっているから……」

「一途《いちず》なのね……」

パメラが目を細める。

「不器用《ぶきよう》なだけよ。リウイと一緒にいると、どう考えても苦労させられるんだけどね。おまけにご褒美《ほうび》は何もないし……」

ミレルが自嘲《じちょう》っぽく言う。

「でも、離《はな》れられないんでしょ？」

パメラに訊ねられ、ミレルはこくんと首を縦《たて》にする。

「生まれつき幸薄《さちうす》いの。産みの親には捨《す》てられて、育ての親には盗賊ギルドに身売りされたりね。ギルドからの借金《しゃっきん》を返して、やっと自由になれたと思ったのに、今度はあんなのにひっかかっちゃって……」

「あたしも割と幼いときに親を失ったから、その後は苦労のしどおしだったわ。踊りの師《し》匠《しょう》に弟子入りし、一二歳ではこの商売をはじめていたもの……」

「でも、もう幸せだよね？」

「ええ、幸せだわ。あなたたちには軽蔑《けいべつ》されるかもしれないけど、あたしにとって、ううん、この街で暮らすほとんどすべての娘にとって、この後宮に入ることはほとんどおとぎ話の世界なの。まさか実現するなんて思いもしなかった」

「軽蔑なんてしないよ！」

ミレルがあわてて首を横に振った。

「あたしたちのほうが、たぶん変わり者なの。三人とも昔にいろいろあって、男なんか必要ないって思っていたくらいだから……」

「幸せは人それぞれだものね……」

パメラが笑顔で言う。

「あたしにとっては、ここで暮らすことが最高の幸せなの。まるで、おとぎ話の主人公のような気分よ。贅沢ができるからだけじゃないの。王子様のことは子供の頃から憧《あこが》れていたし、じかに会うことができて、そして可愛《かわい》がってもらって、ますます好きになった。王子様のためなら、あたしはなんだってする。だから、あたしにできることなら、なんでも言って。こんな贅沢な牢屋に入れられるぐらいなら、お安い御用よ。ここに入れたのも、ミレルたちのおかげだしね」

「そう言ってもらえると助かるわ」

ミレルは嬉しそうにパメラの手を握《にぎ》った。

「シュメール王子を守ってね」

「約束する」

ミレルはパメラにうなずき、そして長椅子から立ち上がった。

「あたしのほうの王子様も本気になっているもの。そういうときのあいつは、どんなことだってできるのよ」

だから、安心して、とミレルはパメラに声をかけた。

パメラは微笑みながら首を縦《たて》に振《ふ》る。

ミレルも微笑みかえし、彼女に手を振って、部屋を後にした。

第6章　襲撃《しゅうげき》！

1

「今夜あたり、来るよ」

部屋に入ってくるなり、ミレルが勢《いきお》い込んでリウイに言った。

「街のなかに怪《あや》しい雰囲気の連中がぞろぞろしてたもの」

ミレルは街の様子を探るべく、ここ数日、何度となく外出していたのだ。

「いよいよだな」

リウイは、彼女の言葉を聞くなり、にやりとして拳《こぶし》を打ち鳴らした。

部屋には、彼の他に、赤毛の女戦士ジーニと金髪《きんぱつ》の女性神官メリッサもいる。

リウイが砂漠の小部族ケシュの集落に潜入《せんにゅう》してから、すでに七日ほどが過ぎていた。

ようやく襲撃の準備《じゅんび》が整《ととの》ったのだろう。

エレミアの後宮《ハーレム》はひそかに衛兵を増員《ぞういん》し、リウイとジーニで実戦的な戦い方を伝授《でんじゅ》している。

迎《むか》え撃つ準備は整っている。

リウイとしては、いつでも来いという気持ちだった。

今、エレミアの皇太子シュメールは王位継承《おういけいしょう》の準備のため、王城へ登《のぼ》っている。帰ってくるのは夜も更《ふ》けてからだから、襲撃もそれからということになる。

王城からの帰り道に襲撃をしかけてくる危険《きけん》もあるから、リウイは衛兵たちとともに、王城まで出迎《でむか》える決心をした。

「妾妃《しょうひ》たちは、シュメール王子と一緒《いっしょ》に広間に避難《ひなん》させる。メリッサとミレルも、王子の警護をしてくれ」

「わかった」

「わかりました」

リウイの言葉に、ミレルとメリッサが声をそろえる。

「そして、ジーニは、オレと一緒に賊《ぞく》を歓待《かんたい》してやろう」

「承知した」

赤毛の女戦士が静《しず》かにうなずいた。

「問題は、内通者《ないつうしゃ》がどう動くかだな」

リウイはミレルを振り返った。

彼女は後宮に潜入《せんにゅう》している内通者の捜査《そうさ》も進めている。

「妾妃のなかから、ひとりを絞《しぼ》り込んでいるんだけどね……」

ミレルが悔《くや》しそうな表情を見せた。

「でも、確証《かくしょう》がないし、内通者がひとりとはかぎらないしね」

だから、ミレルはその妾妃を泳《およ》がせているのだ。

表向《おもてむ》き、内通者は踊り子のパメラであるということになっている。彼女は今、後宮内の一室に軟禁状態《なんきんじょうたい》にあるが、ミレルはすでにパメラには事情を話していて、彼女にも納得《なっとく》してもらっている。

「向こうも警戒しているだろうからな。簡単に尻尾《しっぽ》は出さないさ」

リウイがミレルを励《はげ》ますように言った。

「でも、襲撃が迫《せま》っているのなら、そろそろ動きがあってもおかしくありませんね」

メリッサが言う。

「うん、今から妾妃たちに張《は》りつくよ」

「わたくしもお手伝《てつだ》いします」

メリッサとミレルはそんな言葉をかわすと、部屋を出ていった。

「オレたちも、後宮をもう一度、見回るとするか」

「そうだな」

リウイの提案《ていあん》に、ジーニが相槌《あいづち》をうつ。

賊がどこから侵入してくるかを予測《よそく》し、衛兵の配置《はいち》を決めなければいけない。

扉《とびら》に魔法の鍵《かぎ》をかけてもいい。

本来なら、それはシュメールの仕事だが、彼は王位継承の準備で忙《いそが》しいし、守るべきは彼の身柄《みがら》なのだから陣頭指揮《じんとうしき》に立たせるわけにもゆかない。

リウイはまるで傭兵隊の隊長のような立場で、後宮の警備《けいび》を担当しているわけである。

(ラヴェルナ導師《どうし》に知られたら、怒られるだろうな)

リウイが今していることは、どう言いつくろおうと内政干渉《ないせいかんしょう》でしかない。事が露見《ろけん》したら、国際問題《こくさいもんだい》なのである。

だが、リウイにとって、この事件は決して他人事ではない。

世界の滅亡《めつぼう》がかかっている問題なのだから……

2

シュメール王子は真夜中近くになって王城から戻《もど》ってきた。

戴冠式《たいかんしき》まであと十日ほどとなり、いろいろと多忙《たぼう》なのだ。

そんなエレミアの皇太子に、リウイは襲撃《しゅうげき》が近いかもしれないと伝えた。

シュメールは苦笑まじりにうなずくと、来るのなら、さっさと来てほしいものだな、と返す。

リウイとしても、同感だった。

「今夜は徹夜《てつや》で警戒にあたる。あんたは、妾妃たちをこの広間に集めて、くつろいでいてくれ」

「従《したが》おう」

シュメールはリウイの申し出を素直に受け入れた。

彼の言葉のもうひとつの意図《いと》を察《さっ》したからである。妾妃たちを全員、集めるのだから、そのなかにいるはずの内通者も動けない。

「妃《きさき》たちを、信じてやりたいのだがな」

シュメールはそう言って、寂《さび》しそうに笑った。

その気持ちは、リウイにもわかる。

シュメールにとっては彼女らは全員、妻《つま》であり、肌《はだ》を重《かさ》ねた相手なのだ。それぞれに、愛情も抱いていよう。

しかし状況から、誰かが内通者だということはシュメールも認《みと》めている。自分を欺《あざむ》いている妃がいるという事実に、彼は誇り《プライド》も傷《きず》つけられているに違いない。

リウイはシュメールと別れ、ジーニとふたりで正面玄関《げんかん》に近い、衛兵の詰《つ》め所で、賊の襲撃を待つことにした。

そして、賊が襲《おそ》ってきたのは、夜明け間近の時《じ》刻《こく》であった。

「襲撃です！」

正門を守っていた衛兵が叫びながら、詰め所に転がりこんでくる。

リウイは、彼らに襲撃があったら、すぐ奥《おく》に入るよう命じてある。後宮のなかに引き入れて、一網打尽《いちもうだじん》に撃退《げきたい》するつもりなのだ。

「やっと出番だな」

ジーニが不敵《ふてき》な笑みを浮かべて、リウイにうなずきかけてくる。

リウイは親指を立てて応《おう》じた。

そして長剣《バスタードソード》と魔力の発動体である棒杖《ワンド》を掴《つか》んで立ち上がる。

「手はずどおりに頼むぞ」

リウイが声をかけると、衛兵たちが緊張の表情でうなずいた。

彼らの多くにとってまだ二度目の実戦であり、なかにはこれが初陣《ういじん》という者もいる。

「気合い負けはするな。だが、無理もするな。敵を倒《たお》すことより、自分が生き残ることをいちばんに考えろ」

リウイは衛兵たちに檄《げき》を飛ばして、廊下《ろうか》へとでた。そして長い廊下の突き当たりにある扉の前に立つ。

そこで賊が侵入してくるのを待ち受けるつもりなのだ。

そのあいだに、ジーニと衛兵たちは廊下の両側に並んだ部屋に何人かずつ入っていった。

さほどの間もなく、扉が破《やぶ》られた。

黒装束に身を包んだケシュ族の戦士が、次々と飛び込んでくる。

当然、リウイの姿が目に入る。

「かかってきやがれ！」

リウイは挑発《ちょうはつ》するように両手を広げた。

賊は無言《むごん》で、リウイに向かって斬り込んでくる。

だが、玄関からリウイのところまでは、それなりの距離《きょり》があった。

「万物の根源、万能の力……」

リウイは棒杖を握《にぎ》りながら、上位古代語《ハイエンシエント》を詠唱《えいしょう》してゆく。

「電光となりて迸《ほとばし》れ！」

リウイの呪文は完成し、棒杖の先から稲妻状《いなずまじょう》の閃光《せんこう》が伸びてゆく。

〈電撃《ライトニング》〉の呪文である。

魔法を受けた賊たちは身体《からだ》が痺《しび》れ、手にしていた剣を落としたり、その場でうずくまるなどする。

黒装束から白い煙《けむり》がかすかに立ち上るのは、衣服《いふく》や肌《はだ》が焦《こ》げているせいだ。

電撃はこういう状況《じょうきょう》では、もっとも効果的《こうかてき》な攻撃呪文だった。

「今だ！」

リウイの号令《ごうれい》を合図に、廊下の両側に並ぶ部屋からジーニと後宮警護の衛兵が飛びだし、賊に斬《き》りかかっていった。

リウイの魔法攻撃で混乱していた賊は、この奇襲《きしゅう》にさらに混乱した。

建物内に侵入《しんにゅう》してきた賊は、次々と倒されていった。

しかし、リウイは違和感《いわかん》のようなものを覚えていた。

「賊の数が少なすぎると思わないか？」

リウイはジーニの側に寄って、小声で囁《ささや》いた。

そのとき、背後のほうから、叫び声のようなものが響《ひび》いてきた。

「裏口《うらぐち》か？」

「どうやら、衛兵のなかにも、内通者がいたようだな」

リウイの言葉に、ジーニが厳《きび》しい表情《ひょうじょう》で応じた。

「ここは、おまえたちで死守《ししゅ》してくれ」

リウイは衛兵たちに言うと、ジーニだけを伴《ともな》って、後宮の裏口のほうへと走った。

そちらのほうは、扉を魔法の鍵で閉《と》ざし、簡単には侵入できないようにしてあった。

だが、合い言葉を唱《とな》えたら、簡単に開く。

そして衛兵たちの何人かには、合い言葉を教えてある。

隊長クラスの衛兵のなかに、どうやら内通者がいたということだ。

「ケシュ族は、この土地の部族だからな。エレミア王宮のなかにも、かなりの数の密偵を潜《もぐ》り込ませているのだろう」

後宮内の廊下を走りながらリウイはジーニに向かって言った。

「この国の王族や貴族たちは緊張感に欠《か》けているんじゃないか？」

「建国してから、大きな戦争は経験していないし、経済も豊かだからな。それだけ、この国は平和だってことだ」

「そういう国のほうが、乱《みだ》れはじめたら一瞬なのだがな……」

オーファンと南の隣国ファンドリアの前身である大国ファンがそうだった。平和を享受《きょうじゅ》していた王国が、あっという間に内乱《ないらん》状態になり、そして滅亡《めつぼう》した。ジーニの出身であるアリド族は、否応《いやおう》なしにその内乱に巻き込まれ、何人もの戦士が命を落としている。

アリド族がオーファン王国から認められている自治権《じちけん》は、まさに血で購《あがな》ったものなのだ。

リウイとジーニが、裏口にたどり着くと、そこはひどい乱戦になっていた。

衛兵たちもよく戦っているが、賊はまさに命知らずの戦士である。

(アトンとやらが、どんな御利益《ごりやく》をくれるのかは知らないが……)

リウイは心のなかで吐《は》き捨てた。

いちおう魔術師なので、彼は知識神《ちしきしん》ラーダを信仰《しんこう》してきた。といっても、祭礼《さいれい》のときに礼拝《れいはい》に行ったり、寄進《きしん》をしたりするくらいだ。

そしてラーダ神からは、何も見返りはない。

「この様子だと、かなりの数の賊が、宮殿内に侵入しただろうな」

リウイはジーニに声をかけた。

「ここは、わたしが防《ふせ》ぐ。おまえは宮殿内に侵入した賊を片づけてくれ」

ジーニは言うなり、大剣《グレートソード》を構えて、乱戦のまっただなかに斬り込んでいった。

狭《せま》い廊下で長大な剣を振るうのはどう考えても不利だが、ジーニは突きと軽い払いとで、巧《たく》みに戦っている。

リウイは状況を確かめて、ここは彼女に任せて大丈夫《だいじょうぶ》だと判断した。

後宮内の要所《ようしょ》要所にも、衛兵を配しておいたが、突破《とっぱ》した賊の数がわからないので、十分かどうかの判断がつかない。

「とにかく、シュメール王子を守らないことにはな」

リウイは声にだしてつぶやき、エレミアの皇太子と妾妃たちが休んでいる大広間を目指して走りだした。

3

ランプの明かりが、後宮の大広間を淡《あわ》く照《て》らしている。

シュメール王子を取り囲むように妾妃たちは静かな寝息《ねいき》をたてている。

シュメール自身も目を閉じているが、彼はちょっとした気配にも敏感《びんかん》に反応する。

妃である女性たちにも、気を許していないからだ。

彼女らのなかに、内通者がいるのは間違いないのである。

(ま、自業自得《じごうじとく》よね)

ミレルはシュメール王子の比較的《ひかくてき》、近くで膝《ひざ》を抱えた姿勢のまま油断なく周囲をうかがっていた。

服の下には格闘用《かくとうよう》と投擲用《とうてき》の短剣《ダガー》を忍《しの》ばせており、もしも怪《あや》しい動きをする者がいたら、即座《そくざ》に反応できる。

しかし、内通者が動くとしたら、襲撃があってからだと思っている。

そして彼女の鋭敏《えいびん》な感覚は、戦いの気配《けはい》を鋭《するど》く感じ取っていた。

ミレルはすっくと立ち上がる。

「……始まったのか？」

シュメール王子が声をかけてきた。

「そうみたい」

ミレルはうなずいた。

「お妃様《きさき》たちも、起《お》きてちょうだい。賊が広間に入ってきても、無理はしないで。メリッサに習《なら》った技を使うのは最後の最後でいいからね」

ミレルは手を叩《たた》いて、妾妃たちを目覚めさせる。

妾妃たちは眠たい目をこすりながらひとりふたりと起きあがり、近くにいる者を揺《ゆ》り起こす。

「みんな、ひとかたまりになっておとなしくしていてね」

全員が立ち上がるのを確かめてから、ミレルは妾妃たちに声をかけた。

そして耳を澄《す》まして、広間の外の物音を確かめる。

それで戦いの物音が、表だけでなく裏からも響《ひび》いてくるのが分かった。

(これはヤバイかも……)

ミレルは心のなかでつぶやいた。

表は賊を誘《さそ》い込む手はずになっているから問題ないのだが、裏のほうは守りを固《かた》くして、賊を一歩も入れない予定だったのだ。

その予定が崩《くず》れたのだから、何か不都合《ふつごう》が起こったに違いない。

(ここまで賊が入ってくるかなぁ)

ミレルは妾妃たちのなかからメリッサの姿を探して、うなずきかけた。

それに気づいて、メリッサがミレルの側にやってくる。

「ここをお願いできるかな。あたしはパメラ妃が逃《に》げてないか確かめてくるから」

「パメラ妃を、ね」

メリッサは静かにうなずいた。

「ありがと」

ミレルは笑顔を残して、その場から去った。

メリッサは扉の近くまで移動し、戦鎚《ウォーハンマー》を構《かま》えた。扉が破《やぶ》られたら、真っ先に戦うつもりなのだ。

そしてしばらくすると、大広間の扉のすぐ外で戦いがはじまったらしい物音がした。

妾妃たちがざわめき、身をかたくする。

「落ち着きなさい」

シュメールが妾妃たちを安心させるため、笑顔で声をかけた。

そして自身は新月刀《シミター》を抜いて、メリッサの側まで移動する。

その瞬間《しゅんかん》、激《はげ》しい音がして、両開きの扉が破られた。

黒装束の賊と衛兵が数人、もつれあうように大広間に入ってくる。

メリッサは一言、マイリーの名を唱《とな》えて、賊のひとりに、戦鎚を振るった。

鉤状《かぎじょう》になった先端《せんたん》が、黒装束の腹部《ふくぶ》に突《つ》き刺《さ》さる。

男は、口から血を噴《ふ》きだして、その場に倒れる。

そのあいだに、シュメール王子も別の賊の首筋《くびすじ》を払って、討《う》ち取っていた。

侵入してきた十数人ほど。決して少ない数ではないが、近くに詰《つ》めていた衛兵たちも駆《か》けつけてくるから、問題はないだろう。

メリッサは大広間に留《とど》まり、入ってくる賊だけを倒してゆこうと決めた。

そしてシュメール王子にも、それをお願いする。

「承知した」

わずかに苦笑を浮かべながらも、シュメールはうなずいた。

そしてふたりは大広間の外で繰《く》り広げられる激しい戦いの成り行きを見守る。

「王子様！」

そのとき、悲鳴にも似た声をあげながら、ひとりの妾妃がシュメールに駆け寄っていった。

戦いの恐怖に耐《た》えられなくなって、愛する者にすがろうとするように見えなくもない。

だが、その手には護身用《ごしんよう》に与えられた短剣が握《にぎ》られていた……

そして妾妃はシュメールの背にその刃《やいば》を突きつけた。

「動かないでください」

殺気のこもった声で、その妾妃はシュメールに声をかけた。

「黄金のランプの秘密《ひみつ》、教えていただきます」

「あなたが内通者というわけですか？」

視線《しせん》だけで妾妃の顔を確認し、シュメールは冷ややかな表情を浮かべた。

妾妃は表情も変えず、メリッサにおかしな動きは見せないように、と警告を送る。

「わかりました。わたくしは、何もしませんわ……」

メリッサは内通者であった妾妃に答えた。

その瞬間、妾妃の顔が苦痛《くつう》に歪み、短剣が絨毯《じゅうたん》に落ちた。

見ると妾妃の腕に、投擲用《とうてきよう》の短剣が三本、突き刺《さ》さっている。

「わたくしは、と申しましたよね」

メリッサが冷たく、妾妃に声をかける。

「やっぱり、あなただったわね……」

勝ち誇《ほこ》ったようなミレルの声が響いた。

声のほうを振り返ると、元踊り子の娘パメラを伴った黒髪《くろかみ》の少女の姿があった。

ミレルは内通者を油断させるため、いったん姿を消したのだ。

パメラを連れてきたのは、彼女の潔白《けっぱく》を妾妃たちに伝《つた》えるためである。

内通者であった妾妃は、先日、シュメール王子にパメラを糾弾《きゅうだん》した数人の妾妃のなかのひとりだった。

しかし代表してシュメールに訴《うった》えた妾妃ではなく、後ろから成り行きを見守っていたうちのひとりだ。

だが、パメラが怪《あや》しいと吹《ふ》き込んだのは、おそらく真の内通者である彼女だ。

あのあと、ミレルは妾妃たちからふたたび聞き込みを行い、彼女のところで情報がゆがめられていることを摑《つか》んだ。

だが、確証《かくしょう》がなかったので、彼女が行動を起こすのを待ったのだ。

内通者がパメラではなく、別にいたという事実に、妾妃たちはひどく動揺《どうよう》しているようだった。

「気を緩《ゆる》めないで。戦いはまだ、終わってないんだから」

ミレルが妾妃たちを叱咤《しった》する。

だが、彼女自身はもはや事が終わったことを確信していた。

なぜなら、大広間のすぐ外から、聞き慣《な》れた声が聞こえてきたからだ。

オーファンの妾腹《しょうふく》の王子にして魔法戦士《ルーン・ソルジャー》の上げる気合いの声である。

そして、ミレルが信じたとおり、ケシュ賊の暗殺部隊《あんさつぶたい》は大半が討《う》ち取られ、わずかな生き残りは撤退《てったい》していったのである。

4

「終わったな……」

玄関《げんかん》と裏口からも賊が引いたとの報告をジーニから聞いたあと、リウイはため息をひとつ洩《も》らした。

真の内通者と判明《はんめい》した妾妃は毒入《どくい》りの酒杯《しゅはい》を渡され、自害《じがい》して果てた。

尋問《じんもん》しても、ケシュ族の人間は黙秘《もくひ》を貫《つらぬ》くのである。

「彼女はこの後宮《ハーレム》を建ててすぐに、妾妃として迎《むか》えたのだがな」

シュメールが自嘲《じちょう》の笑みを浮かべながら言った。

「わたしに対しても、いつも従順だったのに……」

「これはオレの想像だが、部族からの指令がなかったら、彼女はいつまでも従順な妾妃でいたんじゃないか」

シュメールの言葉に、リウイが返した。

「このわたしを偽《いつわ》りつづけてか？」

「それは、しかたないだろう。この後宮では、あんたも妾妃たちも情熱ではなく、冷静さを求められる。あんたは妾妃たちを平等に愛さなければならないし、彼女らのほうもあんたをひとりじめにはできないんだから。誰もが、自分の心のどこかを偽りつづけることになる」

束縛《そくばく》し、束縛される。それが普通の男と女の関係なのだ。

「そうかもしれんな……」

リウイの言葉に、シュメールは呻《うめ》くように言った。

「ここが間違っているとも思わないけどな」

リウイは苦笑を洩《も》らす。

束縛しあうような男女関係が好きなわけでもないのだ。

男と女の関係に、どれが正しいとか間違っているとかいうことはないと思う。

「王子様……」

パメラが涙《なみだ》を浮かべながら、シュメールの側に寄ってゆく。

「辛《つら》い役割《やくわり》を引き受けさせてしまったね」

シュメールが優《やさ》しく声をかける。

「王子様のお役に立てたのでしたら、嬉《うれ》しく思います」

パメラは涙を流しながら、しかし笑顔を見せた。

(彼女は、もっとも新しい妾妃だ。だが、王子のことを愛しているし、この後宮の暮らしにも満足している)

リウイは心のなかでつぶやく。

彼女と同じように思う女性も大勢いることだろう。

だが、リウイの旅の仲間、ジーニ、メリッサ、ミレルの三人の幸せは、この後宮の暮らしのなかにはない。それは、竜司祭《ドラゴンプリースト》であるティカも同じだ。

そういう女性もいるということである。

「あとは、あんたの戴冠式《たいかんしき》を待つだけだな。そしてケシュ族を討ち、秘宝を取り返す」

「そういうことだ」

シュメールは相槌《あいづち》を打った。

だが、そのとき──

「王子様！」

パメラが悲鳴にも似た警告《けいこく》の叫びをあげた。

なぜ、彼女がそんな声をあげたのか、リウイは一瞬、理解《りかい》できなかった。

それはシュメールも同じであったらしく、困惑《こんわく》の表情を浮かべる。

そして次の瞬間には、すべては終わっていた。

シュメールを取り囲んでいた妾妃のうちのひとりが短剣《ダガー》を抜いて、シュメールに突きかかっていったのだ。

だが、そのあいだに、パメラが割って入った。そして妾妃が手にしていた短剣の刃は、パメラの左の乳房《ちぶさ》のすぐ上を貫《つらぬ》いていた。

「王子……様」

パメラは苦しそうに呻いたあと、力を失い、うつぶせに床に倒れた。

うつぶせになった彼女の身体《からだ》から血が流れだし、毛足の長い絨毯《じゅうたん》に染《し》みてゆく。

「パメラ！」

リウイは、大声で彼女の名を呼んだ。

そのあいだにジーニが、妾妃が手にしている短剣を手刀で叩き落とす。

すかさずミレルがそれを拾《ひろ》い上げ、その刃を見つめた。

「毒《どく》が塗《ぬ》ってある……」

血糊《ちのり》の他に、緑色をした粘性《ねんせい》の液体が刃に付着《ふちゃく》しているのを見て、黒髪の少女は呆然《ぼうぜん》とつぶやく。

「内通者がひとりだけとは思っていなかったけど……」

まさか、シュメールの暗殺を企《くわだ》てているとは思いもしなかったのだ。

彼は黄金のランプの扱《あつか》い方を知っている唯一《ゆいいつ》の人間なのだ。

「パメラ！」

リウイが傷を確かめるため、パメラを仰向《あおむ》けにしようとした。

メリッサの癒《いや》しが間に合うことを願いながら……

だが、パメラの肌《はだ》に触《ふ》れた瞬間、その願いがもはやかなわないことを彼は知った。

彼女の肌から、熱《ねつ》が急速に失われているのを感じたからである。

もうひとりの内通者であった妾妃の刃は、哀《あわ》れな娘の心臓を貫いていたのだ。

「パメラ……」

リウイはもう一度、彼女の名を呼んでから、その身体からゆっくりと手を離した。

そしてシュメールを振り返る。

シュメールは沈痛《ちんつう》な面持《おもも》ちでうなずくと、パメラを床《ゆか》から抱《だ》きあげた。

「てめぇ、いったいなんのつもりで！」

ミレルがもうひとりの内通者であった妾妃の服を摑《つか》み、裏街言葉で罵《ののし》った。

「王子を殺したって、あんたらの目的は果たせないだろう」

「殺すつもりはなかったわ……」

その妾妃が呆然《ぼうぜん》としてつぶやく。

「その刃に塗られている毒は確実《かくじつ》に死に至《いた》るけど、遅効性《ちこうせい》のものよ。そしてその毒の解毒《げどく》薬は、我が部族にだけ伝わるもの……」

その言葉で、ミレルは彼女の意図《いと》を理解した。

解毒剤《ざい》と引き替《か》えに、ケシュ族は魔法のランプの秘密をひきだすつもりだったのだ。

だが、思いがけない邪魔《じゃま》が入った。

パメラが我が身と引き替えに、主人であるエレミア皇太子を救ったのである。

「やっと幸せになれたって喜《よろこ》んでいたのに、死んじゃったら意味がないじゃない」

シュメールに抱《だ》かれるパメラの亡骸に向かって、ミレルがぽつりと呼びかけた。

「でも、あなたにとって、シュメール王子は子供の頃からの憧《あこが》れだったんだものね。お妃様になった今では、王子のことを心の底から愛していたんだものね……」

だから、シュメールが命の危険にさらされたとき、パメラは何のためらいもなく行動した。

ミレル自身、リウイのためなら同じことをしたと思う。

「ごめんね、パメラ。あたし、あなたを守れなかった……」

ミレルは涙《なみだ》を浮《う》かべながら、ごめんね、と繰り返した。

メリッサが彼女の側に寄り、少女の顔をそっと胸に抱く。

「ケシュ族討伐《とうばつ》のときには、オレも同行させてくれよ」

リウイが身を震《ふる》わせながら、シュメールを振り返った。

「承知した……」

シュメールが静かにうなずく。

そして腕のなかで冷たくなっている妃に、優しく口づけをする。

それを目にした妾妃たちのあいだから、すすり泣きの声が漏《も》れる。

(犠牲《ぎせい》も少なくなかったが、最悪の事態だけは免《まぬが》れることができたな)

リウイはそう言い聞かせ、怒りで爆発しそうな気持ちを静めようとした。

だが、それが甘い考えだったことを、彼は知らされる。

夜が明けてすぐ、エレミアの王城から使者がやってきたのである。

その使者は、後宮に賊が入ったという未確認《みかくにん》の情報を確かめるためのものだった。

シュメールはその事実を認めたが、賊はただの野盗《やとう》であり、すべて始末したと使者に伝えた。

使者はそれで安心し、エレミア国王サニトークからの伝言だといって、何事かシュメールに耳打ちした。

「たいしたことではないとのことですが」

と、前置きしながら……

しかし、その伝言を聞いているあいだに、シュメールの表情がはっきりと変わった。

だが、何事もなかったかのように使者を王城に帰す。

「エレミア王はなんて言ってたんだ？」

使者が帰るのを待ちかねたように、リウイはシュメールに詰《つ》め寄っていった。

「父上の妾妃のひとりが、後宮から姿を消したとのことだ」

シュメールは静かに答えた。

「なんだ、女に逃げられただけじゃない」

シュメールの言葉に、ミレルはほっと胸を撫《な》でおろす。

「そのとおりだ。ただ、問題なのは父上が、その娘に黄金のランプの使い方を教えたということなのだ……」

「な、なんですって？」

思いもしなかった言葉に、ミレルがもとからつぶらな目をいっぱいに開く。

「夜伽《よとぎ》のときに、うまく聞きだされたらしい。父君も退位《たいい》を間近にひかえて、気が緩《ゆる》んでおられたのだろう。それに、黄金のランプが盗《ぬす》まれたとは思いもしなかっただろうしな……」

シュメールの声にも、さすがに力がなかった。

父を責《せ》めることはできない。非《ひ》は、彼のほうにもあるからだ。父と子の、あまりにも無様《ぶざま》な連携行動《れんけいこうどう》というしかない。

「もはや、待ったなしということだ」

リウイが覚悟を決めたように言った。

「今すぐ、ケシュ族の集落に向かおう」

リウイはシュメールに声をかけた。

「いや、それには及《およ》ばない」

「及ばない、だって!?」

エレミアの皇太子から返ってきた意外すぎる答えに、リウイは自分の耳を疑った。

「あのランプの精霊が、最後の願いを聞き届けたら、世界は滅《ほろ》ぶんだろ」

「滅んだりはせぬよ」

シュメールは宣言《せんげん》するように言った。

「世界を滅ぼすほどの力は、シャザーラにはないのだ……」

「それは間違いないのだろうな？」

「間違いないよ。最後の願いを叶《かな》えたとき、精霊シャザーラが世界を滅ぼすとした伝説は、我が先祖たるエレミア建国王が創作《そうさく》したものだ。その伝説が王国を守る切り札《ふだ》になることを願ってな」

シュメールは苦笑まじりに、リウイの問いに答えた。

「最後の願いを叶えたとき、精霊シャザーラは確かに解放される。魔法で封印《ふういん》されていた怒《いか》りの激《はげ》しさは察《さっ》してあまりあるゆえ、周囲の者たちは皆殺《みなごろ》しとなろう。しかし、そこまでだ。シャザーラは異世界の存在ゆえ、魔法の束縛《そくばく》がなくば、長くこの物質界《ぶっしつかい》に留《とど》まることはできない。元の世界、それがどこなのかは知らぬが、そこへ帰るしかないのだよ」

「そう……だったのか」

リウイはどっと力が抜けるのを覚えた。

「だから、最初の夜に、オレにも黄金のランプを見せたんだな……」

あれを見た以上、伝説を知る者なら、エレミアに戦争をしかけようとしないはずだ。

「エレミアが建国以来、他国との戦争がなかったのはそれでか……」

酔《よ》いにまかせたふりをしていたが、あの夜のシュメールの行動は、すべて計算ずくだったわけだ。

見事に欺《あざむ》かれたわけだが、不思議と腹が立たなかった。

それが外交というものだし、世界が滅亡《めつぼう》する心配がなくなったという安堵感《あんどかん》も大きかったからだ。

「つまり、最後の願いを叶えてもらったとき、ケシュ族はランプの精霊の怒りに触《ふ》れて、自滅するというわけですね？」

確認のため、メリッサがシュメールに訊《たず》ねる。

「そういうことだ」

シュメールは、首を縦《たて》に振った。

「何も心配することはないということですね？」

メリッサはさらに念を押す。

「秘宝を失うことは、エレミアにとっては痛手《いたで》だがな……」

シュメールの答えを聞いて、メリッサがやっと安心したように、形のよい胸に手を当てた。そして深くため息をつく。

「これで安心しましたわ」

「そうなのかな？　安心していいのかな？」

メリッサの言葉を聞いて、ミレルが不安そうな表情でリウイを見上げた。

「あのことが、まだ気になっているんだな？」

リウイが訊ねると、黒髪の少女はこくりとうなずく。

「世界の滅亡と引き替《か》えにできる願いがあるとしたら、それは世界の滅亡でしかありえない……」

リウイは彼女が抱《いだ》いている不安を言葉にしてみる。

「あの人に訊《き》いてみるか……」

あまり気は進まないが、ミレルの表情を見ていると、そのままにはしておけない。

そしてリウイは魔法の半水晶《はんすいしょう》を取り出した。合い言葉を唱《とな》えてから、半水晶に話しかけると、その片割れから声が流れるのだ。

そして、その片割れを持っているのは、オーファンの宮廷魔術師《きゅうていまじゅつし》ラヴェルナである。

〝魔女〟とあだ名される女性で、大陸でもっとも優《すぐ》れた魔術師のひとりだ。彼女は十年の歳月をかけて、大陸全土を巡《めぐ》っており、その記録を博物誌と旅行記という二冊の書物にまとめている。

(あの人なら、きっとアトンのことも知っているさ)

リウイはそう確信している。

そしてその確信ははずれなかった。

ラヴェルナはアトンのことを知っていた。

だが、彼女からアトンの正体を聞かされたとき、リウイはまたも恐怖という感情を思いださせられたのである。

なぜなら、アトンは世界を滅《ほろ》ぼす存在だったからだ。

ミレルが感じていた不安は、まさに的中《てきちゅう》していたのである——

第7章　破局《はきょく》への砂時計《すなどけい》

1

その女性は氷《こおり》の彫像《ちょうぞう》とオーファンの宮廷《きゅうてい》で呼《よ》ばれている。国王リジャールの両脇《りょうわき》に立つ二柱の彫像のひとつ、と。

もうひとつの呼び名は〝魔女〟。

本当の名前は、ラヴェルナ・ルーシェという。オーファンの宮廷魔術師である女性だ。

彼女は〈瞬間移動《テレポート》〉の呪文《じゅもん》を唱《とな》えて、剣の王国オーファンから、ここ砂塵《さじん》の王国エレミアの後宮《ハーレム》にまで直接、跳《と》んできたのである。

「お久《ひさ》しゅうございます」

ラヴェルナは、エレミアの皇太子にして、近々、次期《じき》国王となるシュメールに挨拶《あいさつ》を送った。

「一年ぶりになりますか？　あいかわらず、お美しくあらせられる」

シュメールは恭《うやうや》しく挨拶し、ラヴェルナの手をとって、口づけをする。

「これは噂《うわさ》なんだが、ラヴェルナ導師《どうし》は、年をとるのをやめたんだそうだ」

リウイがしたり顔で説明する。

ラヴェルナは彼にとって、魔術の直属《ちょくぞく》の導師でもあった。彼女にとっては不肖《ふしょう》の弟子というしかないだろう……。

「そんな話は、どうでもいいでしょう」

ラヴェルナがまさに氷のごとき、冷たい視線をリウイに向ける。

「ラヴェルナ殿は、あの無骨《ぶこつ》な男と、結婚《けっこん》なさったのですか？」

「はい、オーファンに帰ってすぐに式をあげました……」

シュメールの問いに、ラヴェルナは恭しく答えた。

「そうですか……。それはまことに残念です」

シュメールがはっきりと落胆《らくたん》の表情を見せる。

「その話も、今は……」

ラヴェルナが遠慮《えんりょ》しながらも、シュメールに言った。

「あの王子様、ラヴェルナさんにも後宮《ハーレム》に入れって言ったのかな？」

ミレルが、ジーニとメリッサに囁《ささや》く。

「あの男のことだからな」

「間違いないでしょうね」

ジーニとメリッサが深く相槌《あいづち》を打つ。

彼女らがいるのは、後宮の客室である。妾妃《しょうひ》たちはそれぞれの部屋に下がっていて、衛兵たちは襲撃《しゅうげき》の後始末に追われている。

部屋にいるのは、ラヴェルナとリウイ、ジーニたち三人と、この後宮の主人シュメールの六人だ。

「とにかく、今は世界が滅亡《めつぼう》するかどうかの危機《きき》なのですから……」

ラヴェルナが深刻《しんこく》な表情を見せる。

リウイは頭の後ろで馬の尻尾《しっぽ》のようにまとめてある長い髪《かみ》の毛をかきむしった。

「そうなんだよな」

砂漠の小部族ケシュは、エレミア王国の究極《きゅうきょく》の秘宝〝黄金のランプ〟を先日、奪《うば》い去っている。

そのランプに封印《ふういん》された精霊シャザーラは、あらゆる願いを三つまで叶《かな》えると伝説では謳《うた》われている。

そして彼らが叶えようとしている願いは、部族の守護者《しゅごしゃ》である精霊アトンの召喚《しょうかん》であった。

「アトンとかいう守護者が、ただの精霊《せいれい》だったらな」

リウイは、悔《くや》しそうにつぶやく。

それならなんの問題もなかったのだ。

三つめの願いを叶えたランプの精霊シャザーラは封印から解放される。そして伝説では、最後の願いを叶えたシャザーラは世界を滅ぼすと記《しる》されている。

だが、それは、自分の興《おこ》した王国を守るための、エレミア建国王の創作《そうさく》だった。

だから、シュメール王子は、人質《ひとじち》に取られた妾妃を救うため、黄金のランプを引き渡すことにも同意できたのだろう。

ただ誤算《ごさん》だったのは、ケシュ族が呼び出そうとしている精霊アトンが、まさに世界を滅ぼす存在であったことだ。

「……精霊アトンは、魔法王国の時代に四大魔法《しだいまほう》の暴走《ぼうそう》により生まれた恐《おそ》るべき魔物です。アトンはあらゆる精霊力を喰《く》らい無限《むげん》に成長してゆくとされています。精霊力を失った世界は風も吹《ふ》かず、水も流れず、大地の恵《めぐ》みもなく、炎の温《ぬく》もりもない場所となります。すなわち、アレクラスト大陸の中北部に存在する〝死《し》の砂漠《さばく》〟です」

ラヴェルナ導師が、淡々《たんたん》とした口調で説明する。

彼女はアレクラスト大陸全土を巡《めぐ》る旅の途中で、周辺部《しゅうへん》だけではあるが、死の砂漠の調査も行っている。

まさに世界の終末の光景だと、彼女はそのとき思ったものだ。

「カストゥールの文献《ぶんけん》によれば、アトンは最後の魔法王ファーラムその人を素材《マテイリアル》とした魔法の剣によって滅ぼされたとあります。精霊力を完全に消滅《しょうめつ》させる強大な魔法を用いて。その代償《だいしょう》が、死の砂漠であり、魔力の塔《とう》の崩壊《ほうかい》でした」

「魔力の塔か……。思い出したくもないな」

リウイがひとりごとのようにつぶやく。

実は、魔力の塔は、オーファン魔術師ギルドの次席導師《じせきどうし》であった人物によって、半年ばかり前に再建《さいけん》されている。

リウイはそこで、その次席導師や彼が創造《そうぞう》した魔法生物どもと壮絶《そうぜつ》な戦いを演《えん》じた。

魔力の塔はふたたび破壊されたが、その製法《せいほう》を記した古代書は、二重の鍵で封印され、オーファンとラムリアースの魔術師ギルドがひとつずつ保管《ほかん》している。

「ケシュ族はランプの精霊の力を借りて、魔精霊アトンを復活させるつもりなのね……」

ミレルがそう言って、唇《くちびる》を噛《か》んだ。

「ですが、魔精霊アトンこそ、まさに邪神《じゃしん》のごとき存在。いかにランプの精霊とはいえ、復活させることができるものでしょうか？」

メリッサが疑問《ぎもん》を口にする。

「確かにな……」

リウイはうなずいた。

アトンを復活させるために必要な魔力ははかりしれない。伝説とは異《こと》なり、シャザーラが万能ではないのだとしたら、アトンを復活させるほどの魔力は持っていないかもしれない。

「建国王は、シャザーラにいったいどんな願いをかけたんだ？」

リウイがシュメールを振り返った。

「ひとつは、世界中の財宝のありかを教えよ、というものだ。そして建国王はその財宝を探し求める冒険航海《ぼうけんこうかい》へと赴《おもむ》いた……」

その財力を背景に、エレミア建国王は国を興《おこ》したのである。

「もうひとつは？」

「心の底から我を愛《あい》する証《あかし》として、我が妃《きさき》となれ、というものだ……」

やや憮然《ぶぜん》とした表情をしながら、シュメールは答えた。

「なんだって？」

その答えに、リウイは呆然《ぼうぜん》となる。

「それを、シャザーラに言ったのか？」

「そのとおりだ」

シュメールは不機嫌《ふきげん》にうなずく。

「我が国最初の後宮は、シャザーラのために建てられたとされている」

「さすが、王子様の御先祖《ごせんぞ》だね」

ミレルが言って、じとりとした視線をシュメールに向ける。

「あのランプの精霊はたしかに美人だからな」

リウイが苦笑を浮かべた。

男として、建国王の気持ちはわからないではない。シャザーラは精霊——あるいは魔神だけに、文字どおり人間離《ばな》れした美貌《びぼう》の持ち主だった。しかし、下半身は煙《けむり》のようになっていたから、夜の営《いとな》みはできたのだろうか、と素朴《そぼく》な疑問が浮かぶ。

「美しかったら、化《ば》け物《もの》でもいいのかよ」

ミレルが吐《は》き捨《す》てるように言う。

「最低《さいてい》だな」

「最低ですわね」

ジーニとメリッサのふたりが声をそろえた。

「内容はともかく、正直に言わせてもらえば、それほど無茶《むちゃ》な願いという気はしないな。シャザーラの実力は、意外にたいしたものじゃないのかも……」

「復活《ふっかつ》させるのは、たしかに無理かもしれません。しかし魔精霊アトンは完全には滅《ほろ》びておらず、しかもすでに復活を果たしているのです」

ラヴェルナが静かに答えた。

「呼び寄せるだけなら、ランプの精霊にも十分、可能でしょう」

「そういうことは、最初に言ってくれ」

リウイはがっくりとなる。

「期待して損《そん》をしたぜ」

「話を勝手に進めるからです。それに問題が問題だけに、最悪の事態を考えて行動するべきでしょう」

「それもそうだな……」

ラヴェルナの言葉はまったく正論なので、リウイはうなずくしかなかった。

「もはや一刻《いっこく》の猶予《ゆうよ》もないということです。動かせるだけの兵を集めて、ただちにカーン砂漠へと向かいましょう」

シュメールが決意の表情で言った。

「父上にもすべてを話し、協力を要請《ようせい》しましょう……」

後宮の衛兵だけでは、どう考えてもケシュ族を討伐《とうばつ》することはできない。

「お願いできますでしょうか?」

ラヴェルナが、シュメールに頭を下げた。

「これはエレミアの失態《しったい》。当然のことです」

シュメールは言うと、足早に部屋から去っていった。

2

客室の扉《とびら》が閉まるのを待って、ラヴェルナは姿勢《しせい》をもどすと、ゆっくりとリウイに向き直った。

「あなたという人は、どうして行く先々で騒動《そうどう》を起《お》こすのですか?」

「オレのせいじゃないだろ?」

リウイは、あわてて首を横に振った。

くわしい事情はすでにラヴェルナには説明《せつめい》してあるが、今回ばかりは絶対に自分が騒《さわ》ぎを起こしたわけではない。

「では、言い直しましょう。どうして行く先々で騒動に巻き込まれるのですか？」

「そんなことは、騒動のほうに聞いてくれ」

リウイはふて腐《くさ》れた顔で答えた。

「昔からそうだったのよね」

ミレルが、うんうんとうなずく。

「はい、行く先々で騒動を起こすか、騒動に巻き込まれておられました。でも、それこそが勇者の資質《ししつ》ですから」

メリッサが静かに相槌《あいづち》をうつ。

「今回、事件に巻き込まれたのは、わたしたちのせいだ。リウイを責《せ》めないでほしい」

ジーニがラヴェルナに言った。

「責めるつもりはありません……」

ラヴェルナは小さくため息をつく。

「ある程度、覚悟はしていましたから。だいたい、わたしがなぜ、あなたに旅をさせたと思います？　オランに派遣《はけん》するだけなら、わたしが瞬間移動《テレポート》の呪文《じゅもん》で連れてゆけばよかったのですから」

「そういや、そうだよな。考えなかった……」

「旅のあいだに、あなたたちが成長してくれることを期待《きたい》したからです。旅とはそういうものだということを、わたしはよく知っていますから……」

「そりゃあ、ラヴェルナ師はアレクラスト大陸全土を旅したんだものな」

十年余《あま》りの年月を要《よう》したその旅のあいだには、様々な事件があったらしい。

ラヴェルナは少女時代から天才的な魔術師《まじゅつし》だったが、旅を終えてオーファンに帰還《きかん》したときには、人間としても、女性としても成長を遂《と》げていた。

だからこそ、リウイにとっては養父になるカーウェスは、宮廷《きゅうてい》魔術師の職を安心して彼女に譲《ゆず》ったのだろう。

「旅の成果という点では、期待以上かもしれませんね。あなたはザイン王国と良好な関係を築《きず》き、ここエレミア王国でも築きつつあるのですから……」

しかしラヴェルナは、あくまで結果論《けっかろん》ですがと、付け加えることを忘れなかった。

その言葉に、リウイは憮然《ぶぜん》となる。

「事件など起きないほうがいいに決まっています。しかし、起こってしまった事件は、解決するしかありません……」

ラヴェルナはそうつぶやくと、真剣《しんけん》な表情になる。

「あなたに旅をさせた理由はすでに述《の》べました。しかし、旅の目的については、まだ伝えていませんでしたね」

「親書を届けるためじゃないのか？」

リウイはあえて訊《たず》ねてみる。

だが、理由がそれだけではないということは薄々《うすうす》、感じていた。

ラヴェルナの今の言葉も、それを裏付けているように思える。

(やはり、なにか事件が起こっているんだ。そしてその事件の解決を、オレたちは期待されている)

いったい、どんな事件なんだろう、とリウイは疑問を抱《いだ》いた。

「オランの魔術師ギルドから急使《きゅうし》が来たことは、あなたも知っていますね。あの魔力の塔《とう》での戦いの直後のことですが……」

「知ってるさ。オレが持っている手紙のひとつは、その返書なんだから……」

「実は、オラン魔術師ギルドの親書に記《しる》されていた内容こそ、魔精霊《ませいれい》アトンの復活《ふっかつ》を知らせるものだったのです」

ラヴェルナはそう言うと、オラン魔術師ギルドの次席導師にして著名《ちょめい》な冒険者である人物と、その仲間が偶然《ぐうぜん》、アトンを発見し、復活させてしまったことを伝《つた》えた。

「まったく次席導師ってやつは、どいつもこいつも……」

ろくなことをしないなと、リウイは吐《は》き捨《す》てた。

それにしても、オランへの旅の目的が、今度の事件と関係していたとは驚《おどろ》きだった。

「魔精霊アトンの復活を知って、ケシュ族は今度の事件を起こしたってことか。それにしても、魔精霊を守護者《しゅごしゃ》と崇《あが》めるなんてな」

「ケシュ族は魔法の時代、カストゥール王国に抵抗《ていこう》していたそうですからね。カストゥール王国の敵《てき》は、守護者になりえたのでしょう」

「そのアトンは今、死の砂漠にいるんだよな？　精霊力のまったくない場所なら、成長しようもないんじゃないか」

リウイの問いに、ラヴェルナは静かにうなずいた。

「シュメール王子には言いませんでしたが、実はアトンは今、死の砂漠を横断《おうだん》しようとしています。あなたの言うとおり、死の砂漠には精霊力が存在しないので、アトンは自らの精霊力を削《けず》って道を作らねばならず、十年ほどの年月がかかると予測《よそく》されています」

「なんだって！　渡ってこられるのか？」

ラヴェルナの言葉に、リウイは顔色を変えた。

「それじゃあ、今回の事件を解決しても、世界を救うことにはならないじゃないか？」

リウイは思わず、ラヴェルナに詰《つ》め寄《よ》っていた。

「そのとおりです。魔精霊アトンを滅ぼさないかぎり、本当に事件が解決したとはいえません」

「どうやれば、倒せるんだ？」

リウイはラヴェルナに訊ねた。

相手は魔法文明で栄えたカストゥール王国の滅亡《めつぼう》の原因となった魔物なのである。

「それこそが、あなたたちに託《たく》したい真の使命です。カストゥール王国最後の魔法王《まほうおう》ファーラムを素材《そざい》にして創《つく》られたという宝剣《ほうけん》を探すこと。その宝剣の魔力を使えば、ふたたびアトンを封《ふう》じることができるかもしれません」

「ファーラムの剣か……」

リウイは呻《うめ》くように言った。

「だが、その宝剣は、五百年以上も前に失われたんだろ。まるで竜殺しの犬頭鬼《コボルド》を探せというようなもんだ」

「それでも、探しださねばならないのです。さもなくば、アレクラスト大陸が、いえフォーセリア世界のすべてが、死の砂漠と化して滅亡するのですから」

ラヴェルナは、宣告《せんこく》するように言った。

「なんてこった……」

リウイは呆然《ぼうぜん》となって、ジーニたち三人を振り返る。

三人もさすがに顔色を変えていた。

しかし、今の話を聞いていたのなら、恐慌《パニック》をおこしていてもおかしくない。

「大冒険だね……」

ミレルがぽつりと言う。

「究極《きゆうきよく》の試練ですわ」

メリッサは、戦《いくさ》の神の御名《みな》を唱えた。

「魔精霊アトン。不足のない相手だな」

ジーニが呪払《のろいばら》いの紋様《もんよう》をなぞりながらつぶやく。

「そのとおりだ……」

リウイは力強くうなずいた。

「失敗したら、世界は滅ぶんだ。どんな困難《こんなん》にも耐《た》えるしかないし、どんな危険にも飛びこんでゆくしかない」

「そういうことです。しかし、この事実が公《おおやけ》になれば、どんな混乱が起こるかしれません。くれぐれも慎重《しんちよう》に行動するように……」

「分かった。でも、今回に関しては、暴《あば》れさせてもらうぜ。ケシュ族の連中には、我慢《がまん》の限界《げんかい》を超《こ》えているんだ」

　罪もない妾妃たちの、そして哀《あわ》れな踊り子パメラの無念《むねん》は、自分の手で晴《は》らさないと気がすまない。

「存分《ぞんぶん》に、おやりなさい。わたしも彼らとは、因縁浅《いんねんあさ》からぬ身。手伝わせてもらいます。彼らの目的がアトンの復活だと分かったからには、もはや容赦《ようしゃ》する必要もありません」

　リウイの言葉に、ラヴェルナは微笑《ほほえ》みながらうなずいた。

「わたしたちはエレミア軍より先行して、ケシュ族の集落へと向かいます。ランプの精霊に願いをかけさせるわけにはゆきませんからね」

　黄金のランプの秘密をエレミア王から聞きだしたケシュ族の内通者であった妾妃は、今頃、全速力で集落に向かっているはずなのだ。

　儀式《ぎしき》がはじまり、アトンが召喚《しょうかん》されたら、すべてはおしまいなのである。

「ケシュ族の集落へは跳《と》べるか？」

「わたしも一度は、訪《たず》ねたことがあります。秘密の儀式を目撃し、暗殺者に狙《ねら》われることになりましたが……」

　ラヴェルナはリウイと情報交換《こうかん》し、自分が訪《おとず》れた集落と、黄金のランプが運びこまれた集落が同じかどうかを確かめた。

そして同じ集落であるとの確信《かくしん》を得る。

族長の館があるケシュ族最大の集落であった。

「エレミア騎士団が到着《とうちゃく》するまでは、儀式を阻止《そし》することだけに専念《せんねん》します。そのあとは、あなたたちの流儀《りゅうぎ》にまかせましょう」

「ああ、まかせてもらうぜ！」

リウイは声に力を込めた。

そして五人は、砂漠で行動するために必要な支度《したく》を整《ととの》え、ケシュ族の民族衣装や、賊が残した黒装束などを用意した。

それから、竜使いの少女ティカとクリシュの転生竜《リボーンドラゴン》が身を隠《かく》している岩場へと、まず向かった。

最後にラヴェルナが唱《とな》える〈瞬間移動《テレポート》〉の呪文《じゅもん》で、ケシュ族の大集落を望む高台へと跳んだ。

ラヴェルナは、ケシュ族の儀式を目撃し、彼らに追われたとき、この高台から魔法で逃《のが》れたのである。ふたたび、来ることもあろうかと、はっきりと記憶に留《とど》めていたのだ。

総勢《そうぜい》六人と竜一頭という戦力である。

しかし、五十人の騎士団を相手にしても十分に戦えるという自信が、リウイにはあった。

リウイたちはケシュ族の集落を見張り、動きがあれば行動にでると決める。

食事を取り、交代《こうたい》で睡眠《すいみん》を取り、リウイたちはそのときを待つ。

そして夕刻《ゆうこく》になったとき、ラクダに乗った一団が王都《おうと》のほうから集落に近づいてきた。

「あれが、そうだろうな」

リウイがつぶやいた。

「間違いないでしょう」

ラヴェルナがうなずく。

「行くぞ！」

リウイは気合いの声をあげ、彼のすぐ側で退屈《たいくつ》そうにうずくまっていたクリシュの転生竜にまたがる。

すかさず、ティカが革帯《ベルト》を締《し》め、リウイを鞍《くら》に固定する。そして長大な馬上槍《ランス》を手渡した。

「あのぐらいの人数なら、オレとクリシュで片づけられる。みんなは集落からの増援《ぞうえん》を頼む」

リウイはそう言い残し、クリシュに命じて、空へと舞いあがった——

3

高台から空を滑《すべ》るように、クリシュは飛んだ。

砂漠の砂が巻きあげられ、大地には切り裂《さ》かれたような跡《あと》が刻《きざ》まれる。

クリシュの心は、これからの破壊《はかい》と殺戮《さつりく》、そして人肉を喰《く》らうことができるとの期待と喜びでいっぱいだった。

それが竜族のなかでももっとも恐れられている火竜《ファイアドラゴン》の本性なのだ。

リウイの心にも、その怒りは伝わってきた。だが、それだけに自分は冷静《れいせい》でなければ、と思う。

火竜の精神に同調《どうちょう》しすぎると、理性《りせい》を失い、破壊のかぎりを尽《つ》くしかねない。

それでは、伝説に謳《うた》われる狂戦士《バーサーカー》と変わらない。自分の身さえ滅《ほろ》ぼすことになるだろう。

竜が近づいてくるのに気づいて、ケシュ族の一団は大声をあげた。

そして数人が抜刀《ばっとう》して、竜に向かってラクダを走らせる。

残《のこ》りは散り散りになって逃走《とうそう》をはじめた。

ひとりでもいいから、集落にたどり着こうとしているようだ。

（つまり、全員が秘宝の秘密を知っているってことだ……）

そして、その秘密を族長に伝えるつもりなのだ。

「逃《に》がすわけにはゆかない！」

リウイは声を上げた。

そしてクリシュに命じて、斬《き》り込んでくるケシュ族の戦士たちに炎《ほのお》を吐《は》かせる。

紅蓮《ぐれん》の炎が灼熱《しゃくねつ》の雲《くも》となって、彼らを包《つつ》みこむ。

そしてその雲が晴れたときには、戦士たちもラクダも地面に倒《たお》れ、もがいていた。

衣服《いふく》は発火《はっか》しており、ラクダの体毛も黒く変色し、白い煙《けむり》があがっている。

（これで、まだ幼竜《ドラゴンパピー》なんだからな）

成竜《レッサードラゴン》となったときの強さは、容易《ようい》に想像できる。リウイはそのとき、この転生竜と戦う宿命《しゅくめい》にあるのだ。

（身震《みぶる》いするぜ）

リウイは苦笑を浮かべた。

だが、そのときまで、クリシュは忠実《ちゅうじつ》な従僕《じゅうぼく》である。

リウイは集落に逃げ込もうとする砂漠の民《たみ》を追って、クリシュを操《あやつ》った。

そしてランスでラクダを貫《つらぬ》いてゆく。

ラクダが哀《あわ》れな鳴き声をあげながら砂漠に倒れ、乗り手は投げだされる。

まず足止めすることを、リウイは優先《ゆうせん》したのだ。

だが、ラクダの足は思ったよりも速《はや》く、竜はその方向を変えるのに時間がかかった。

（これでは、何人かに逃げられてしまうな）

リウイはそう判断し、作戦を切り替《か》えることにした。

大集落を混乱させ、黄金のランプを使わせる暇《ひま》を与《あた》えない。

危険は避《さ》けられないが、覚悟はここに来るまでにすでにしてある。

リウイは迷《まよ》うことなく、クリシュの進路を大集落に向けた。

ただし高度を上げ、敵の弓《ゆみ》からの攻撃に備《そな》える。

急降下をして、炎を吐きかけ、また上昇する。その繰《く》り返しで集落を混乱させるつもりだった。

（黄金のランプは、絶対に使わせない！）

リウイは強く念《ねん》じる。

そしてケシュ族の大集落の上空にさしかかり、今まさに攻撃しようとしたとき――

風を切る鋭《するど》い音とともに、黒い影がリウイのすぐ近くを通りすぎていった。

そしてクリシュが激《はげ》しい苦痛《くつう》に身をよじらせる。

（よくも、我が鱗《うろこ》を！）

クリシュが怒りの叫びをあげた。

リウイが身を乗りだして確かめてみると、巨大な矢がクリシュの腹部に突《つ》き刺《さ》さっていた。

「大弩弓《バリスタ》か！」

リウイは歯《は》がみした。

竜の乗手《ドラゴンライダー》が攻めてくることは、ケシュ族とて予測済《よそくず》みである。考えてみれば、何の備えもしないはずがないのだ。

（うかつだったぜ！）

リウイは舌打ちをした。

このまま攻撃を強行したら、大弩弓の矢で串刺《くしざ》しになる。

かといって、安全な高度を旋回《せんかい》しているだけでは、敵を混乱させることはできない。

（どうする？）

リウイは自問した。

しかしその答えは、次の瞬間《しゅんかん》、別の人間から示《しめ》されることになる。

眼下《がんか》で巨大な爆音が響《ひび》き、火柱が立ち上ったのだ。

「ラヴェルナ師か？」

リウイは集落の様子を確かめてみる。

〈火球《ファイアボール》〉の呪文《じゅもん》と思《おぼ》しき爆発が、一定の間隔《かんかく》を置いて、集落のあちらこちらで起こる。

ラヴェルナ導師のことだ。大量の魔晶石《ましょうせき》を用意してきているのだろう。そして彼女の魔術師としての実力は、大陸でも屈指《くっし》である。

そのとき、竜司祭《ドラゴンプリースト》の能力を持つ、ブルム族の娘が竜の翼《つばさ》をはためかせながら、リウイの側に舞い上がってきた。

「今、ジーニたちが、大弩弓を壊《こわ》している。もうすこし待ったら、攻撃できる」

たどたどしい西方語でティカが声をかけてきた。

「なんだって？」

ティカの言葉に、リウイは思わず大声をあげた。

「あいつらは、そんな危険なことをしてるのか？」

集落に潜入する用意はしてあったが、本当にそうするとは思ってもいなかった。

だが、混乱させるためには、効果的《こうかてき》な作戦というしかない。

「まったく……」

リウイは苦笑を洩《も》らした。

自分だけが安全な場所でのうのうとしているのは彼の流儀《りゅうぎ》ではない。

リウイはクリシュにこのまま旋回するように命じると、革帯をはずし、鞍《くら》の上に立ち上がった。

「な、何をするの？」

ティカが目を丸くする。

「オレも下に降りる。ケシュ族はオレのことを、覚えてくれてるみたいだからな」

リウイはそして、しばらくしてから、クリシュに集落を攻撃させるようにティカに頼んだ。

それからランスを投げ捨てると、代わりに魔力の発動体たる棒杖を腰から引き抜いた。

「万物の根源、万能の力……」

そして、上位古代語《ハイエンシェント》の呪文を唱《とな》えはじめる。

「我《わ》が身は、我が意志《いし》のもとに落下せん！」

〈落下制御《フォーリングコントロール》〉の呪文を完成させると、リウイは鞍の上から水に飛《と》び込むように身を躍《おど》らせた。

本来なら、〈飛行《フライト》〉の呪文を唱えたいところだが残念ながら実力不足《じつりよくぶそく》なのだ。

リウイはぎりぎりのところまで、自然に落ちるに任《まか》せ、着地寸前《ちやくちすんぜん》で急制動《きゆうせいどう》をかけた。

それでも、家の屋根から飛び降りるぐらいの速度である。

リウイは片膝《かたひざ》を立てるような姿勢で着地し、衝撃《しょうげき》を吸収《きゅうしゅう》する。

人間が空から突然、降ってきたことに、周囲にいたケシュ族の人々が驚愕《きょうがく》する。

しかもその人物は、彼らの記憶に鮮明《せんめい》に残っていた。

彼らはリウイには理解できない言葉で叫び声をあげると、恐慌《きょうこう》をきたして逃げ散ってゆく。

リウイは棒杖を戻し、代わりに長剣《バスタードソード》を引き抜き、両手で構えた。

「また会ったな！」

リウイは豪快《ごうかい》な笑い声をあげながら、長剣を無意味に振り回した。

殺戮《さつりく》が目的ではなく、彼らを混乱《こんらん》させるだけで十分なのだ。

まもなく黒装束を身に着けた戦士たちが殺到《さっとう》してきた。リウイは彼らを剣で払いのけ、足蹴《あしげ》にしたり、拳で殴《なぐ》ったり、体当たりをする。

（これでジーニたちは脱出できるだろう）

そして彼自身は、ラヴェルナがいるはずの場所を目指すつもりだった。

彼女なら、的確《てきかく》な呪文で援護《えんご》をしてくれるはずだ。最悪、〈瞬間移動〉の呪文で、安全な場所へ退避《たいひ》させてくれるだろう。

しかし、リウイの思い通りには、事は運ばなかった。

ケシュ族は、リウイひとりを標的《ひょうてき》に定めたように、ひたすら追いかけてくるからである。

注意をひきつけるために、地面に降りてきたのは確かだが、リウイの予想を超えていたわけだ。

(これほど人気者だったとはな)

リウイは後悔《こうかい》を覚えたが、もはや後には退けない。

このまま、走りつづけるしかない。

「リウイ!」

そのとき、聞き慣《な》れた声が、いくつも響いた。

ふと気づくと、黒装束の覆面《ふくめん》をはぎ取って、ジーニとメリッサ、そしてミレルの三人が、駆《か》け寄ってくるのが見えた。

「なんで逃げないんだ!」

目論見《もくろみ》が外れて、リウイは怒鳴《どな》り声をあげた。

「リウイが来るから、かえって敵の統制《とうせい》が取れちゃったじゃない!」

足の速いミレルがまず追いついてきて、文句《もんく》を言った。

「オレも、まさかこんなことになるとは思ってもなかったんだ。ミレルたちだって、勝手に集落に潜入《せんにゅう》したじゃないか?」

「ケシュ族が大弩弓を引き出してくるのが見えたからだよ。あのままだったら、クリシュが近寄れなかったじゃない」

「大弩弓はあらかた壊《こわ》しましたわ」

メリッサが息を切らしながら、横に並ぶ。

ジーニは追いすがってくる敵を、大剣を振るって近づけさせない。

リウイは行く手を塞《ふさ》ぐ敵をとにかくなぎ払《はら》ってゆく。

「もうすぐ、クリシュが攻撃を再開する。それまで保《も》たせるしかないな」

しかし、ケシュ族はリウイたちに斬《き》りかかるのをやめ、遠巻きにする作戦に転じたようだ。

「このままじゃ、囲まれてしまうよ」

ミレルが、焦《あせ》った声をあげる。

「すぐに、ティカとクリシュが攪乱《かくらん》してくれる。その隙《すき》に、ラヴェルナ導師のところまで行くしかないな」

リウイはさすがに荒《あら》い息をつきながら言う。

だが、敵も心得たもので、何人かの戦士は弩弓や弓矢をかまえ空に備《そな》えている。これではティカとクリシュも容易《ようい》には近づけない。

しかも飛び道具は魔術師にとっても、もっとも危険な武器なのだ。

「こんなときに、精霊使い《シャーマン》がいてくれたらな……」

風の精霊の護《まも》りで、矢の軌道《きどう》をそらすことができるのだ。

「このままでは、わたしたちも弓矢の標的《ひょうてき》ですわね」

メリッサが苦しそうに言う。

「すこし強引すぎたかもしれないな」

ジーニが低くつぶやく。

世界が滅《ほろ》びるかどうかの瀬戸際《せとぎわ》だから、知らず知らずのうちに、いつもより無理をしてしまったのかもしれない。

(ここまでなのか……)

リウイは心のなかで呻いた。

しかし、そのとき——

リウイたちを取り囲もうとしていたケシュ族の人垣《ひとがき》が突如《とつじょ》として崩《くず》れた。

同時に、怒号《どごう》と悲鳴がわき起こる。

「な、なんだ?」

リウイは周囲《しゅうい》を見回し、何が起きたのか確かめようとする。

そして気が付いた。
ケシュ族の人垣を蹴散《けち》らして、騎馬《きば》の集団が駆け込んでくることに。
その先頭に立っているのは、もちろん、エレミア皇太子シュメールその人であった——

第8章　最後《さいご》の願《ねが》い

1

ケシュ族の大集落における戦いは、エレミア軍の勝利《しょうり》で終わった。

エレミア王国の秘宝《ひほう》中の秘宝である魔法の洋燈《ランプ》も無事、取り戻した。

砂漠の小部族ケシュの族長は、戦士たちに守られ、カーン砂漠の奥《おく》へと逃《のが》れた。

住民たちの一部も行動をともにしたが、大半は降伏《こうふく》し、エレミア王国への忠誠《ちゅうせい》を誓《ちか》った。

エレミアの皇太子シュメールは上級騎士のひとりを集落の領主《りょうしゅ》に任命《にんめい》し、砦《とりで》を築《きず》き、二百人の兵を駐留《ちゅうりゅう》させるという決定を下した。

砂漠の民《たみ》ケシュ族の自治権を剝奪《はくだつ》したわけだ。

そして砂漠を横断して王都へと凱旋《がいせん》する。

リウイはジーニ、メリッサ、ミレルの三人の旅の仲間、そしてオーファンの宮廷魔術師《きゅうていまじゅつし》であるラヴェルナとともに、シュメールとは別行動で一足先に後宮《ハーレム》にもどった。

クリシュの転生竜は、街に連れて入るわけにはゆかないので、もとの岩場に隠《かく》し、ティカが側につく。

ティカには申《もう》し訳《わけ》ないと思っているのだが、竜と一緒に暮《く》らすのは、竜司祭《ドラゴンプリースト》としての最高の修行《しゅぎょう》であるらしい。不満どころか、喜んでクリシュの世話を引き受けてくれている。人間らしい暮《く》らしなど、彼女は望《のぞ》んでもいないということだ。

リウイたちは食事をとり、湯浴《ゆあ》みをしてからぐっすりと眠った。

そして戦いの疲《つか》れをとって、次の日を迎《むか》えた。

後宮警護の衛兵に守られて、シュメールが帰ってきたのはその日の夕方である。

ケシュ族の大集落の後始末《あとしまつ》や、国王への報告などで、彼はまったく休息していなかった。

それでも彼は晩餐会《ばんさんかい》を開き、リウイたちを招《まね》いたのである。数人の妾妃たちが給仕《きゅうじ》をするだけの、ささやかな宴《うたげ》ではあったが……

「これで、世界滅亡《めつぼう》の危機は去ったってことだな」

戦の勝利を祝って乾杯《かんぱい》したあと、リウイがほっとしたように言った。

「ひとまずは、な……」

シュメールは不機嫌《ふきげん》に言って、酒杯を飲みほす。

「ひとまずって、どういう意味だ？」

リウイは焦《あせ》りの表情を浮かべた。

実は、魔精霊アトンは滅びたわけではない。自らの精霊力で道を作りながら、ゆっくりと死の砂漠を横断している。

だが、その事実を、シュメールは知らないはずだ。

「黄金のランプはまだ存在している。そして、その使い方をケシュ族の暗殺者どもに知られてしまった」

シュメールが吐《は》き捨《す》てるように言った。

「なるほど、そういうことか……」

リウイはうなずいた。

「ケシュ族の内通者が、この後宮やエレミアの王宮内から完全にいなくなったとは限らないものな。ふたたび黄金のランプを奪《うば》われるようなことにでもなったら……」

「魔精霊の召喚《しょうかん》を阻止《そし》するのは難《むずか》しいでしょうね」

ラヴェルナがリウイの言葉を引き取って言った。

召喚されたアトンは、溢《あふ》れる精霊力を喰《く》らって無限《むげん》に成長することになる。精霊力の最後のひとしずくを飲みほすまで……

そして、世界は死の砂漠と化して終焉《しゅうえん》を迎《むか》えるのだ。

「壊《こわ》せる物なら、簡単だったのにね」

「魔法の宝物には、強力な護《まも》りの呪文がかけられているからな。まず無理だろう」

ミレルの言葉に、リウイは忌々《いまいま》しそうに答えた。

「海の底とか、火山のなかとかに捨《す》ててしまえばいいのではないでしょうか？」

メリッサが遠慮《えんりょ》がちに提案する。

「それでも、絶対に安全とは言えないだろうな」

リウイは首を横に振った。

「精霊使《シャーマン》いなら深い海のなかにも潜《もぐ》ってゆけるし、火口に落ちたものでも炎の精霊などに命じれば回収できるかもしれない」

「遠くに捨てたりしたら、かえって心配で眠れなくなりますよ。それぐらいなら、手もとに置いておきます」

シュメールがメリッサに言った。

「そうかもしれませんね……」

メリッサは残念そうにうなずいた。

「あなたのなかでは、すでに答えは出ているのではないか？」

ジーニがシュメールを見つめながら、静かに訊《たず》ねた。

「そのとおり、答えは出ております」

シュメールはジーニに向き直って答えた。

「ただ、その決心がつかないだけです」

「決心って、もしかして？」

リウイがはっとしたように、シュメールの肩をつかんだ。

「シャザーラに、最後の願いをかなえさせるつもりか？」

「それが、もっとも確実な解決法だとは思わないか？」

シュメールに問い返されたが、リウイはしばらくのあいだ答えることはできなかった。

反論《はんろん》があるからではない。

彼が言ったとおり、それはもっとも確実な解決策《かいけつさく》である。

だが、あまりにも危険だった。

最後の願いをかなえたシャザーラは、ランプの呪縛《じゅばく》から解放される。

伝説によれば、シャザーラは世界を滅《ほろ》ぼすとされている。だが、それはエレミア建国王の創作でしかない。

しかし、解放されたシャザーラが、いかなる行動に出るかは、まったく予想がつかない。

自《みず》らの世界にもどるまで、何百年、あるいは何千年ものあいだこの世界に束縛《そくばく》された怒《いか》りと憎《にく》しみを晴らそうとするかもしれないのだ。

全知全能ではないかもしれないが、精霊シャザーラの魔力は恐るべきものだ。死すべき定《さだ》めの人間で太刀《たち》打ちできるかどうかは分からない。

「死ぬかもしれないぞ。最悪、エレミア一国が滅ぶっていうことも……」

リウイはシュメールに言った。

「おまえなら、どうする?」

シュメールが静かに問い返してくる。

「オレなら、か……」

リウイはそこで言葉を切って、真剣《しんけん》に考えてみた。

そして出た結論は、シュメールとまったく同じだった。

「中途半端《ちゅうとはんぱ》ってのは気持ち悪いからな。禍根《かこん》を断《た》とうとするだろうな」

リウイの答えに、シュメールは満足そうにうなずいた。

「お互い、自分の運命を他人まかせにできる性分《しょうぶん》ではないということだよ」

「まったくだな」

リウイは苦笑まじりに相槌《あいづち》を打った。

「それで、いつやるつもりなんだ？」

「戴冠式《たいかんしき》の前に、片づけておくつもりだ。最悪、父上には今しばらくのあいだ玉座にいてもらわないといけないからな」

「そうか……」

リウイはうなずく。

もちろん、彼の肚《はら》も決まっていた。

シュメールがシャザーラと対決するときには、その場にいることをである。

何も言わないところを見ると、シュメールも、彼がそうすることは分かっているのだろう。そして止めても無駄《むだ》であることも。

「しかし、そうと決まれば迷《まよ》うよな……」

「迷う？　何がだ？」

シュメールが不思議そうに問いかけてくる。

「決まっているじゃないか？　最後の願いを何にするかだ」

「確かにな」

シュメールは楽しそうに笑った。

「それを肴《さかな》に、今宵《こよい》は飲み明かすとしよう」

そう言って、シュメールは高々と酒杯《しゅはい》を掲《かか》げた。

2

それから三日後、エレミアの皇太子シュメールは五百人にも及《およ》ぶ志願《しがん》者とともに、王都を離《はな》れ、カーン砂漠へと入った。

街中でシャザーラを解放するのは、いくらなんでも危険すぎるからである。

志願者のなかには、エレミアの騎士、兵士もいたし、街で雇《やと》った傭兵《ようへい》や冒険者なども参《さん》加《か》していた。

生きて帰れば、高額《こうがく》の報酬《ほうしゅう》が約束《やくそく》されている。それだけに、この戦いが命がけであることも彼らは承知《しょうち》していた。

五百人という人数が多いか少ないかは、まったく分からない。最悪、ひとり残《のこ》らず全滅《ぜんめつ》という事態も考えられる。

リウイはジーニ、メリッサ、ミレル、そしてラヴェルナとともに志願者を装《よそお》って、参加していた。

最後の願いは、まだ決まっていない。

あの夜の晩餐《ばんさん》では、俗《ぞく》なものから高尚《こうしょう》なものまで様々な提案がでたが、たったひとつとなると、どれに決めたらいいか迷《まよ》った。

結局、直前までに考えようということになり、そのままずるずると先延《さきの》ばしになっている。

現実的なところで、志願者たちに配《くば》る報酬分の財宝《ざいほう》を、海のなかから持ってこさせるということになりそうだった。

(なにか、つまらないよな……)

実を言うと、リウイは内心、不満に思っている。

命と引き替《か》えになるかもしれない願いなのである。財宝みたいな即物《そくぶつ》的なものにしたくない。

だが、何を願えばいいのか、リウイにも案《アイデア》はない。ただ、心のなかで、なにかひっかかるものがあるのだ。

「どうしたの？」

シュメール王子の一行の最後尾《さいこうび》をすこし遅《おく》れぎみに歩いていたリウイに向かって、ミレルが振り返って声をかけてきた。

小走りに近づいてきて、リウイの腕に手をかける。

「考えごと？　すごく深刻《しんこく》な表情をしていたよ」

「深刻だったか？」

リウイが訊《たず》ねかえすと、ミレルはうん、とうなずいた。

「そんなはずはないんだけどな。願い事がただの財宝じゃつまらない、って思っていただけなんだぜ。もっといい願いがあるような気がするんだが、なかなか考えつかないんだ」

「財宝でいいんじゃないのかな。世の中でお金がいちばん大切なものとはもう思わないけど、二番めか三番めぐらいにはあると思うもの。お金で買えないものも確かにあるけど、買えるものだって多いしね」

ミレルは苦笑《くしょう》をもらした。

彼女は昔、オーファンの盗賊《とうぞく》ギルドに多額の借金をしていて、それを返すためにずいぶん無理をしたものだ。三年前の自分なら、世の中でいちばん大切なものはお金だと、まだ発展途上《はってんとじょう》な胸を張《は》って言っただろう。

「それはそうなんだけどな……」

リウイがため息をつく。

「やっぱり、不満？」

ミレルが微笑《ほほえ》む。

「リウイは、お金に不自由したことないものね。でも、リウイなら何をしたって生きてゆけそう……」
　肉体労働をしても常人の三倍は働けるし、魔術師なのだから頭も悪かろうはずはない。
普段、頭がよさそうに見えないのは、理屈《りくつ》より直感《ちょっかん》を大事にしているからだ。
　そんな彼が〝なんとなく〟おもしろくない、と言っているのだから、だぶん何かが不足
しているのだろう。
（いったい、なにが足りないのかな？）
　ミレルも自問《じもん》してみた。
　エレミア王国の秘宝《ひほう》中の秘宝、黄金のランプの最後の願いにふさわしいもの。命と引き
替《か》えになるかもしれない願い──
　しばらく考えてみたが、まったく考えつかなかった。
「……最後の願いって思うと、ホント迷うよね」
　ミレルは苦笑まじりに、リウイを見つめた。
「そうなんだよな……」
　リウイは頭をかく。
「あたしが叶《かな》えてほしい願いだったら、簡単なんだけど……」
　ミレルは言って、上目遣《づか》いにリウイを見つめる。

「エレミア王国の秘宝だしな。自分勝手な願いはかけられないだろうな」

リウイはミレルをたしなめながらも、自分なら何を願うだろうか、と自然に考えていた。

今、いちばん叶ってほしい願い。

それは、すぐに見つかった。

魔法の指輪に呪縛《じゅばく》されているひとりの女性を解放すること。

その女性の名前はアイラ。リウイの許嫁者《フィアンセ》である。

（アイラ……）

リウイは母国オーファンがあるはずの方向を振り返った。

「あの女性《ひと》のこと、考えているんだ……」

ミレルはかすれたような声で、リウイに呼びかけた。

彼の表情を見て、気づいたのだ。

胸がしめつけられるみたいで、彼の腕にかけていた手をそっと引っ込める。

「ああ……」

リウイは素《そ》っ気《け》なくうなずいた。

「あたしにとっても、それがいちばんの願いかな……」

アイラが帰ってくれないと、リウイは永遠《えいえん》に自分を振り向いてくれないはずだから。しかし、彼女が本当に帰ってきたら、リウイは彼女との約束《やくそく》を果《は》たすだけかもしれない。

(それでも帰ってきてほしいよ……)

ミレルは心の底《そこ》から思った。

彼女は仲間であり、友達でもある。同じ男にひっかかった同士《どうし》でもあるのだ。

「もしかしてシャザーラなら、彼女を救いだせるかも……」

「オレの勝手な願いだからな。エレミア王家の秘宝を、そんなことに使うわけにはゆかない……」

リウイはゆっくりと首を横に振った。

シャザーラに願いをかけるまでもなく、アイラを救いだす方法は分かっているのだ。身代《みが》わりとなる女性に、永遠の愛を誓《ちか》わせて魔法の指輪をはめさせればいい。

だが、そんなことをして指輪から解放されても、アイラは絶対に認めないだろう。すぐにまた指輪をはめて、身代わりの女性を解放するに違《ちが》いない。

「アイラ……」

リウイは、そっとつぶやいてみる。

そのときだった。

「待てよ……」

リウイの脳裏《のうり》に、閃《ひらめ》くものがあった。

「最後の願いというから、いろいろと迷ったが、目的は三つ目の願いをかけることで、それがどんなものかじゃない……」

「そうだよ。でも、せっかく最後の願いをかけるんだから、迷っていたんじゃない？」

ミレルが不思議そうな顔をする。

「そのとおりだ。だが、ミレルも言ったじゃないか。命と引き替《か》えにしてまでかけたい願いなんかないってな。それこそ、ケシュ族みたいに、世界の滅亡《めつぼう》を望《のぞ》んでいるのなら別かもしれないが」

「たしかに言ったよ。でも、それとこれとじゃ話が違うよ。たとえ命の危険を冒《おか》しても、最後の願いはかけないといけないんだから」

「だからこそさ。もしも、命の危険を冒さないで済《す》むとしたら？」

「そんな都合《つごう》のいい願いがあるとは思えないけど、エレミアの王子様も喜ぶんじゃない」

「あるんだよ、それが！　都合のいいことにな。もちろん確実じゃないが、試《ため》してみる価《か》値《ち》はある」

リウイの表情は輝いていた。

（何かを思いついたのね……）

そのことは、ミレルにも分かった。しかし、それが何かは分からない。

「思いだしてみなよ」

リウイはミレルの両肩《かた》を摑《つか》んで、興奮《こうふん》した声で言った。

「思いだすって、いったい何をよ」

リウイの迫力《はくりょく》に、ミレルは気圧《けお》されそうだった。

「落ち着いて説明してくれないと、分かんないよ……」

「エレミアの建国王がシャザーラにかけた願いさ！」

それぐらいなら、ミレルも覚えていた。

「ひとつは世界の財宝の在処《ありか》を教えろってものでしょ。そしてもうひとつは……」

そこまでを言って、ミレルもあっとなった。

「ホントだ。もしかしたら、シャザーラと戦わないで済むかもしれない。しかも、それで……」

「そういうことだ！」

リウイは震《ふる》える声で叫んだ。

「シュメール王子に頼まないと！」

ミレルの声も震えていた。

そして次の瞬間《しゅんかん》、ふたりは走りはじめていた。

隊列を一気に追い抜《ぬ》いて、悠然《ゆうぜん》と先頭を行くシュメールのところに着く。

「最後の願いは、オレにかけさせてくれ！」

リウイは叫ぶように言うと、シュメールに事情を説明した。

そしてエレミアの皇太子は、リウイの提案《ていあん》を快諾《かいだく》する。

かくして、ランプの精霊シャザーラにかける最後の願いは決まったのだ。

3

ランプの精霊シャザーラの主人を、シュメールからリウイへと切《き》り替える儀式《ぎしき》は無事《ぶじ》に完了した。

そしてランプの精霊シャザーラは、身体《からだ》を折り曲げるようにして、新しい主人に挨拶《あいさつ》を送っている。

「願いをどうぞ、ご主人様。あとひとつ、叶えてさしあげます」

シャザーラは言うと、妖《あや》しく微笑んだ。

リウイはシャザーラを見つめたまま、しかし、何も答えなかった。

それから、おもむろに魔法の発動体たる棒杖《ワンド》を取りだし、古代語魔法の呪文《じゅもん》を唱《とな》えはじめた。

「〈転送〉の呪文ですね。リウイ王子はいったい何をしようとしているのです？」

ラヴェルナが、興奮を抑えきれない様子のミレルに訊ねた。

リウイがこれからどんな願いをかけようとしているのか、彼女は聞かされていない。

「見ていれば分かるよ」

ミレルの声はまだ震えている。

「でも、油断《ゆだん》はしないで。かならず、成功するとは限らないんだ」

「覚悟は決めておりますが……」

メリッサが怪訝《けげん》そうに言った。

彼女とジーニもまた、これから起こることを聞かされていない。

赤毛の女戦士のほうは、呪払《のろいばら》いの紋様《もんよう》を指でなぞりながら、不安そうにリウイに視線を注《そそ》いでいる。

リウイの呪文は完成し、彼の手のなかに光り輝《かがや》く指輪《ゆびわ》が出現した。

それは、古代王国時代に創られた婚約《こんやく》指輪であった。

ある冒険で、リウイが報酬《ほうしゅう》として手に入れ、幼なじみであり、魔術師ギルドの同僚でもある女性に贈《おく》った物である。

しかし、この婚約指輪には、呪いがかけられていた。

永遠の愛を誓《ちか》って、この指輪をはめた人間は指輪に囚《とら》われてしまう。古代王国の時代に創られた忌《い》むべき呪いの指輪なのだ。

「アイラ、ずいぶん待たせてしまったな」

リウイは指輪に向かって囁《ささや》きかけた。

「今こそ、オレはおまえを……」

リウイは決意の表情で顔を上げた。

そして、彼の従僕となったランプの精霊を見つめる。

まさに、人間を超えた美しさだった。

（オレの最初の妻として、申し分ないぜ）

リウイは心のなかで言って、にやりと笑った。

残念なのは、彼女のほうは初婚ではないということだ。

その昔、エレミアの建国王が、彼女を妾妃としていたからである。エレミア王国の最初の後宮は、彼女のために建てられたのだという。

（どうやって夜の営《いとな》みをしたのか知りたかったぜ）

しかし、リウイがこのランプの精霊と睦《むつ》みあうことは永遠にない。

「ランプの精霊シャザーラよ。汝《なんじ》が主人として、我は命じる……」

リウイは下位古代語で言った。

願いをかけるために必要な合い言葉である。

「なんなりと……」

シャザーラが恭《うやうや》しく答える。

だが、その表情には冷酷《れいこく》さが潜《ひそ》んでいるようにも見えた。

最後の願いを叶えたとき、不遜《ふそん》な人間どもにどのような復讐《ふくしゅう》を果たそうか、考えているのだろうか。

（だが、その機会が得られるかな……）

エレミア建国王がかけた最初の願いは、世界中の財宝の在処《ありか》を教えよ、というものだった。

そして、ふたつめの願いによって建国王はこのランプの精霊を妾妃として迎《むか》えたのである。

心の底から我を愛する証《あかし》として、我が妃になれ――

建国王はそのように願いをかけ、シャザーラはそれを叶えたのだ。

（だったら、オレも叶えてもらおうじゃないか！）

リウイは気合いを入れ、シャザーラを睨《にら》むように見つめる。

そして口を開いた。

「心の底から我を愛する証として……」

下位古代語《ローエンシェント》で、リウイはランプの精霊に呼びかけてゆく。

「この指輪をはめやがれ!!」

リウイは声をかぎりに叫び、呪いの指輪を高く掲《かか》げた。

「承知いたしました、御主人様……」

一瞬《いっしゅん》の間があったものの、シャザーラは畏《かしこ》まってお辞儀《じぎ》をした。

そして指輪を受け取ると、左手の薬指《くすりゆび》に通してゆく。

「心の底から愛しております。我がご主人様……」

恋《こい》する乙女《おとめ》の表情を見せて、シャザーラは言った。

「ですが、お別れでございます。なぜなら我は、永き呪縛《じゅばく》より解放されますゆえ……」

シャザーラはそう言うと、表情を一変させた。

猛烈《もうれつ》な怒《いか》りと憎悪《ぞうお》が、その全身から溢《あふ》れだしてゆく。

「ああ、お別れだな……」

リウイは不敵《ふてき》な笑いを浮かべた。いずれにしてもそうなる。

精霊シャザーラが魔法のランプの呪縛から解放されたその瞬間に、魔法の指輪が新たな呪縛をかける。

古代王国時代末期の、魔法文明最盛期の魔術師が、魔力の塔から供給《きょうきゅう》される無限の魔力を用《もち》いて創りだした魔法の宝物である。

精霊シャザーラがその呪いから逃《のが》れられるものかどうか……

（おまえだって全知全能《ぜんちぜんのう》じゃない。魔法のランプに囚《とら》われていることこそが、その証だ）

勝算は十分にある。

だが、もしも目論見《もくろみ》が外《はず》れたときには、リウイはシャザーラの怒りを向けられる最初の人間になるだろう。

リウイは長剣に手をかけつつ、静かに待った。

そしてついにその瞬間がやってきた。

シャザーラは残酷《ざんこく》な笑みを浮かべながら、左の薬指にはめた指輪をリウイに見せる。

「汝の願いは、叶えられたぞ！」

シャザーラは高らかに叫んだ。

その瞬間――

古代王国時代の指輪から、目も眩《くら》むような光が放たれた。

リウイは剣を抜いて、腕をかざす。それでも光を遮《さえぎ》ることはできなかった。

（いったい何が起こっているんだ。指輪の呪いはシャザーラに勝ったのか。それとも……）

光は、かなりの時間、輝きつづけた。

そして唐突《とうとつ》に、消えた。

砂漠の強い日差《ひざ》しが降《ふ》り注《そそ》いでいるというのに、リウイは目の前が闇《やみ》に包《つつ》まれているような気がした。

だが、次第に目が慣《な》れてきて、通常の視力《しりょく》が回復《かいふく》する。

そして――

戸惑《とまど》いの表情を浮かべて、乾《かわ》いた大地に立ちすくんでいる女性に気づいた。

その女性は、ランプの精霊シャザーラではない。

彼女は全裸《ぜんら》で、豊かな胸と腰を砂漠の日差しのなかにさらしていた。肩まで伸びた金髪《きんぱつ》が、砂漠の熱い風にそよぐ。

リウイはゆっくりと彼女の側によると、日差しよけのために身につけていた白布の外套《マント》で彼女の身体を隠《かく》す。

そして、その場にへたへたと座りこんだ。

あまりに無様《ぶざま》だと思ったが、足にまったく力が入らない。

「お帰り、アイラ……」

呆《ほう》けたような顔で婚約者である女性を見上げながら、リウイは呼《よ》びかけた。

「ただいま、リウイ……」

アイラと呼ばれた女性は、微笑《ほほえ》みながらうなずく。

そしてリウイの顔に手を差し伸《の》べた。そして顔の形を確かめるように、リウイの頰《ほお》から額《ひたい》、目から鼻《はな》、そして最後に顎《あご》から唇《くちびる》に触れる。

リウイは彼女の手をがっしりとつかんだ。

「痛いわよ、リウイ」

アイラはわずかに顔をしかめた。

「これくらい我慢《がまん》してくれ」

リウイは言って、よろよろと立ち上がった。

そしてアイラと向き合う。

「髪を結《むす》んだのね。それと、ちょっと大人になったかな。身長も伸びたように思うんだけど、いくらなんでも気のせいよね」

「計《はか》ったことがないから、分からないな……」

「あれから何年、経《た》ったの？」

「一年と半分ぐらいかな」

「遅《おそ》いじゃない！」

アイラはぴしゃりと言った。

「そう言われると思ってたよ」

リウイは答えて、素直《すなお》に謝《あやま》った。

彼女は、もっとも身近な女性だった。

幼《おさな》なじみであり、実《じつ》の姉《あね》のようにも感じていた。

彼女なら一生、一緒でも大丈夫《だいじょうぶ》だと思えた。だから、彼女に想いを告白《こくはく》されたとき、それに応《こた》えることにした。

「リウイ……」

アイラは目に涙を浮かべると、倒《たお》れこむように身を預《あず》けてきた。

リウイはまず手で彼女を支《ささ》え、そして胸に抱きしめる。

「この浮気者《うわきもの》……」

腕のなかから、恨《うら》めしそうな声がした。

「アイラがいなくなってからは、女遊びはしていないぜ」

「黄金のランプの精霊に、永遠の愛を誓《ちか》わせたじゃない。シャザーラにかけたあなたの最後の願いは、まだ有効みたいよ」

その言葉に、リウイは驚《おどろ》いて、彼女を離《はな》れさせた。

アイラは不満そうな顔で、鼻にかかった声をあげる。

「もしかして、シャザーラと意識が繋《つな》がっているのか？」

「繋がっているわよ。この指輪には、そういう魔力もあるんだから。限界はあると思うけど、この精霊の知識や能力を使うことだってできるわ」

そして、アイラは意味ありげに微笑んだ。

「贈《おく》り物として、受け取っておくわね」

「そ、そいつは、なによりだな……」

リウイはそう言って、ひきつった笑いを浮かべた。

「アイラ……」

そのとき、聞き慣《な》れた声がかけられた。

声のほうを振り返ると、目を真っ赤にして、ひっきりなしにしゃくりあげている黒髪の少女の姿があった。

彼女の後ろには、赤毛の女戦士と、金髪の女性神官の姿もある。

そして三人は、お帰りと、声をそろわせた。

「ただいま……」

アイラは言って、三人の側に寄っていった。そして静かに抱き合う。

「みんなが歳《とし》をとっただけ、わたしが若返ったってことよね」

アイラが笑顔を見せる。

「それでも、あたしのほうが若いよ」

しゃくりあげながらも、ミレルが負けじと言いかえす。

アイラは、黒髪の少女をもう一度、抱きしめてから、耳元に口を寄せた。

そして、

「抜《ぬ》け駆《が》けしなかった？」

と、囁く。

「したよ！　したに決まってるじゃない!!」

ミレルは叫ぶように言った。

「でも、相手にされなかったよ。口には出さなかったけど、あいつの心のなかには、ずっとあんたがいたから……」

「だったら、勝負はこれからってことね。それこそ口には出してないけど、彼の心のなかには、あなたもちゃんといる。意外に不器用《ぶきよう》な男だから、自覚していないかもしれないけどね」

「ホント？」

ミレルは顔をあげて、アイラを見つめた。

「ホントよ。だから、わたしのほうが最初に抜け駆けしたの。ひどい罰《ばち》が当たっちゃったけどね」

アイラはそう言って、片目をつぶってみせた。

「前にも言ったと思うけど、正々堂々《せいせいどうどう》と戦いましょ」

「でも、あたしは盗賊《とうぞく》だよ。盗《ぬす》んだり、騙《だま》したりというのが、本業なんだから……」

そう言って、ミレルはようやく笑顔を見せた。

「わたしだって魔術師よ。人の心を操《あやつ》る呪文だってあるし、魔法の宝物《マジックアイテム》だってたくさん持っている」

アイラも笑顔になる。

「だったら、お互《たが》いの流儀《りゅうぎ》でね」

アイラのその言葉に、ミレルは勢いよくうなずいた。

「見事であった……」

拍手《はくしゅ》をしながら、エレミアの皇太子シュメールがやってきた。

「どういう魔法を使ったのかはしらないが、あのランプの精霊を、魅力的《みりょくてき》な人間の女性にすり替《か》えたものだな」

「お初にお目にかかります。皇太子殿下《でんか》」

シャザーラの知識からアイラは彼のことを知っていたので、恭《うやうや》しくお辞儀《じぎ》をした。

「オーファン魔術師ギルドの正女性魔術師《ソーサリス》アイラと申します。リウイ王子とはギルドの同《どう》僚《りょう》で幼なじみでもあります」

その言葉に、シュメールは苦笑を洩《も》らした。

「それが真《まこと》であれば……」

シュメールは、アイラの手を取ると、その甲《こう》に口づけをした。

「ぜひ、あなたを我が後宮《ハーレム》に招《まね》きたいのだが……」

それを聞いて、ジーニとメリッサ、ミレルの三人が顔を見合わせてため息をつく。

アイラも一瞬、あっけにとられたが、すぐに笑顔を取り戻した。

そして、

「申し訳ありませんが、わたしの心はすでにオーファンの王子に捧《ささ》げております」

と、シュメールに答えた。

「また、ふられてしまったな……」

エレミアの皇太子は、しかし、納得《なっとく》の表情を浮かべていた。

彼はリウイに向き直ると、

「おまえがこの魅力的《みりょくてき》な女性たちと、どのように生きてゆくのか楽しみにしておこう」

と、声をかけた。

「ああ、オレも楽しみだ」

リウイは答えて、砂漠の空を見上げた。

そこには一片《いっぺん》の雲もなく、どこまでもどこまでも澄《す》みわたっていた——

砂塵《さじん》の国における、魔法戦士《ルーン・ソルジャー》の冒険は、これで終わる。

リウイは、オーファンの宮廷魔術師《きゅうていまじゅつし》ラヴェルナとともにエレミア新国王の戴冠式《たいかんしき》に国賓《こくひん》として参列《さんれつ》した。

そしてそのあと、新国王とのあいだでオーファン・エレミアの同盟条約《どうめいじょうやく》をかわす。

その即位《そくい》式から三日後、リウイは祝祭《しゅくさい》が続くエレミアを、五人の女性と一頭の竜とともに後にする。

最後の目的地であるオランまで、およそ五日の旅であった。

あとがき

いかがでしたでしょうか？

思いもかけず大河長編《たいがちょうへん》になりつつある『魔法戦士リウイ』シリーズですが、ここ数年はもっぱらリウイと三人娘《むすめ》（プラスひとり）の過去《かこ》ばかりを書いていて、彼と彼女らの現在《げんざい》を書くのは本当に久《ひさ》しぶりです。

おかげで、作品世界の時系列《じけいれつ》で追いかけてゆくと、文体やらテンションやらがずいぶん変わった気がしますが、読者の皆様《みなさま》にはぜひ「見ないふり」をしていただけたらと思います。

本書、『砂塵《さじん》の国の魔法戦士』は以前から予告していたとおり、セカンド・シーズン（『剣《つるぎ》の国の魔法戦士』『湖岸《こがん》の国の魔法戦士』）完結編にあたり、同時にファースト・シーズン（『魔法戦士リウイ』全一〇巻）の完結編ともいえるものです。ファースト・シーズンのラストで呪《のろ》いの指輪《ゆびわ》に囚《とら》われてしまったアイラが、本書で無事に復活《ふっかつ》を果たし、リウイの心のわだかまりもなくなりました。

そしていよいよサード・シーズンに突入《とつにゅう》。ドラゴンマガジンではまもなく（二〇〇三年一一月号より）連載再開《れんさいさいかい》となります。

本書でもかるく触《ふ》れていますが、世界を滅亡《めつぼう》させる魔精霊《ませいれい》アトンを倒《たお》すため、古代王国最後の魔法王ファーラムを素材《マテイリアル》として鍛《きた》えられた魔法の剣を探すというのが、リウイに課《か》せられたクエスト。世界を救うというのは、なんといってもゲームファンタジーの王道ですからね。

もうすぐ執筆《しっぴつ》を開始しないといけないのですが、実はシリーズ・タイトルとかも決まっていません。

とりあえず、サード・シーズンのプロローグとして、TVドラマの劇場版《げきじょうばん》みたいなノリで『賢者《けんじゃ》の国の魔法戦士』というタイトルの中編を書いてみることからはじめるつもりです。

そしてそれからいよいよ本格的に〝ファーラムの剣〟の探索《たんさく》へと向かうわけですが、その最初の目的地も決めました。海の向こうとだけは言っておきますが、読者の皆様もきっと驚《おどろ》かれると思いますよ。

このクエストは、魔法戦士リウイの基本設定《きほんせってい》であるテーブルトーク・ロールプレイングゲーム『ソードワールド』にとっても最大最後のものになるはずです。なんといっても、ドラゴンマガジン創刊号《そうかんごう》から連載を開始した『ソードワールド』の紹介記事にファーラムの剣は登場しているほどで、一五年めにしてやっと物語を進められます。

移《うつ》り変わりの早いライトノベルの業界で、これほど呑気《のんき》に作品を書かせていただいているのは、読者の皆様の御支持《ごしじ》のおかげで本当に感謝《かんしゃ》の言葉もありません。

ファンタジーというのは、架空世界《かくうせかい》の歴史を紡《つむ》いでゆくもの。魔法《まほう》戦士リウイの物語が、あと何年続くか分かりませんが、どうか今後とも応援《おうえん》よろしくお願いいたします。

初出
月刊ドラゴンマガジン
二〇〇二年三月号～一〇月号

富士見ファンタジア文庫

魔法戦士リウイ

砂塵《さじん》の国《くに》の魔法戦士《まほうせんし》

平成15年9月25日　初版発行

著者――水野《みずの》　良《りよう》

発行者――小川　洋

発行所――富士見書房

〒102 東京都千代田区富士見1-12-14

電話　営業　03(3238)8531

　　　編集　03(3238)8585

振替　00170-5-86044

印刷所――暁印刷

製本所――コオトブックライン

ISBN4-8291-1556-4 C0193